サイクロプスが黒い霧へと変わったことを
確認したアネリは、それで終わらなかった。
「つい　でおきなさい、
雑魚とも　」
アネリ・ワイルズ

「オルン……！
オルン‼」
シオン・ナスタチウム

シオンが俺の名前を呼びながら、
我慢できないと言わんばかりに俺の胸の中に飛び込んでくる。
それをしっかりと抱きとめる。
オルン・ドゥーラ

白亜の麗人はルーナに
笑いかけながら口を開いた。
「こうして面と向かって
話をするのは初めてね、
ルゥ子」

勇者パーティを追い出された器用貧乏
~パーティ事情で付与術士をやっていた剣士、万能へと至る~
7
Author 都神樹
Illust. きさらぎゆり

Contents

イラスト／きさらぎゆり
デザイン／ムシカゴグラフィクス
編集／庄司智

プロローグ　分岐点の出口

俺はまだ二十年程度しか生きていないが、それでもわかったことがある。

それは『後悔しない人生なんて、そんなものは結局無い』ということだ。

最良の選択をしたつもりでも、失敗というものは必ずある。

しかしそれと同時に、その選択によって得られるものも多くあるはずだ。

だからこそ、迷ったときは選んだ先で何を得るのか、それを考える方が建設的なんだと思う。

そして、大切なのは選んだ道で死力を尽くすこと。

多くのことを得て、満足できるように努力を続ける。

選ばなかった未来を想像しなくても済むくらいに。


……それでも、もしもやり直せる機会を得られるのなら、俺は――。

永遠に続く白亜の大地と、曙光《しょこう》がほのかに照らす空、そんな現実味の無い空間に俺は佇《たたず》んでいた。

俺の隣に立つ銀髪の女性が、笑顔を浮かべながら俺へと手を伸ばしてくる。

「それじゃあ、行こっか、オルン！」

微笑《ほほえ》む銀髪の女性——シオンの声は晴れ晴れとしたものになっていた。

自然と俺からも笑みがこぼれながら、彼女の手をしっかりと握る。

「——あぁ。世界をぶっ壊しにいくぞ、シオン」

その言葉を最後に、俺の意識は遠のいていき——。

幕前　紅の黎明《れいめい》

◆

静まり返った仄暗《ほのぐら》い廊下に、コツコツと靴音が鳴り響く。

その音の主である《シクラメン教団》幹部の一人、《羅刹《らせつ》》スティーグ・ストレムが、異彩を放っている巨大な扉の前で歩みを止める。

スティーグがカードのような魔導具を翳《かざ》すと、扉がゆっくりと開き始めた。

部屋の中には巨大な長方形のテーブルを囲むように等間隔に八つの椅子が並べられ、一番奥には他の椅子とは装飾の異なるこの主《あるじ》の椅子が鎮座している。

部屋には既に四人が自分の椅子に座っていた。

いち早くスティーグの入室に気付いたのは、【シクラメン教団：第二席】である老人――《雷帝》グンナル・シュテルンだった。

「《羅刹》、《博士》の処分、ご苦労だった」

グンナルがスティーグに対して、ダルアーネでオズウェルを殺したことを労《ねぎら》う。

「耳が早いですね、《雷帝》殿」

「アレは用済みなくせに目障りだったからの。お主が動くと聞いて注目していたのだよ」

「なるほど、そういうことでしたか」

「あ？　《博士》の処分だァ？　オレはそんな話全く聞いてねェぞ」

　スティーグがグンナルと話をしながら自分の席に着くと、テーブルに両足を乗せている男が声を上げた。

　見るからに気性が荒そうな雰囲気を醸し出している彼の名前はディモン・オーグル。【シクラメン教団：第四席】であり、《戦鬼》の異名を与えられている。

「知らなくて当然だ。お主には大陸東部でうろちょろしていた《アムンツァース》の連中の殲滅《せんめつ》という重大な役目を与えていたからの。それに邪魔になりそうな情報は入れないようにしていたのだ」

　今年の初め、シオンが農場《ファーム》を襲撃したタイミングで、《アムンツァース》は大陸全土の教団の拠点に対して同時多発的に襲撃を実行した。彼らのその作戦は大陸の西側では成功したが、東側では成功したとは言えない結果に終わった。

　その要因が《戦鬼》の存在だ。彼が戦場の悉《ことごと》くに現れ、妨害をしたことで《アムンツァース》側にも少なくない被害が出てしまっている。

「あぁ、なるほど。その裏で色々やっていたってことかァ。連中との殺し合いは最っ高に楽しかった！　まだ残兵がいるからな。アンタの指示に従うのは癪《しゃく》だが、オーダー通り全員喰《く》らってやるよ！」

良くも悪くも豪快な性格であるディモンは、グンナルの話を聞いてオズウェルの処分を聞かされていないことは水に流すことにした。

彼らの話が一段落着いたところで再び扉が開いた。

そして新緑色の髪をなびかせた女性――《導者《どうしゃ》》フィリー・カーペンターが部屋の中に入ってくる。

「……《死霊》は相変わらず来ていないのね」

彼女は上座に最も近い椅子に座ったところで、この場に居ない残りの幹部に言及した。

「彼女は居ても居なくても変わらないからの。ベリア様も気にされないだろうさ」

フィリーの呟《つぶや》きにグンナルが反応する。

「それもそうね。……《焚灼《ふんしゃく》》、もうすぐ定刻よ。そろそろ起きておきなさい」

グンナルの返答に相槌《あいづち》を打ったフィリーが、隣でテーブルに突っ伏しながら眠っている赤髪の少女に声を掛けた。

「…………まだ、眠い……」

フィリーの声に反応して頭を上げた少女が目をこすりながら声を漏らす。

彼女の外見は十歳くらいであり、この言動からしても子どもにしか見えない。

【シクラメン教団：第三席】――《焚灼》ルアリ・ヴェルトは、そんな愛くるしい見た目をした少女であった。

ルアリが目を覚ましたことを確認したフィリーが、彼女から目を逸《そ》らす。

誰も映していないフィリーの目は、先ほどまでルアリに向けていた友好的なものとは違い、どこまでも冷酷なものに見受けられた。

彼女がそんな瞳を主の椅子へと向けると、赤黒い霧が立ち上り始める。

しばらくすると、霧の中から、左腕を失い右目に眼帯をしている二十代半ばほどの男──《シクラメン教団》のトップ、ベリア・サンスが姿を現した。

彼の登場によって部屋の中の雰囲気がより一層張りつめたものへと変わる。

「《死霊》以外は、全員揃《そろ》っているな」

必要なメンバーが揃っていることを確認したベリアが声を発した。

「お前たちを呼んだのは他でもない。長年における画策によって、ようやくこの世界の魔力濃度が規定値を超えたからだ」

これから紡がれる彼の言葉によって《シクラメン教団》の在り方が大きく変わる。そのことをこの場の全員が理解しているためか、部屋の中に緊張感が走る。

「これより、計画を第二段階に移行させる。まずは掃除だ。ツトライルの件は、《羅刹》、お前に任せる」

「拝命いたしました。では、《戦鬼》殿と共に事に当たらせていただきます」

「はァ？　なんで、オレが新入りであるテメェの下に付かなきゃなんねェんだよ。お断りだね」

「まぁ、そうおっしゃらずに。《戦鬼》殿にも旨味《うまみ》のあるご提案ですよ？」

「……オレに旨味だとォ？　オレは《アムンツァース》の残党狩りを我慢してこの場に居るんだぞ？　連中を喰らうことよりも、オレが楽しめる舞台を用意できるとでも言うのかァ？」

「ええ、当然です。貴方《あなた》には《剣姫《けんき》》の相手をお願いしたいと思っています」

「……へぇ、《剣姫》の相手、ねぇ」

スティーグの発言にディモンの目がぎらつく。

自分の話に食いついたことを確認したスティーグが更に言葉を重ねる。

「はい、そうです。キョクトウの姫にして、かの妖刀の適合者。今回のターゲットではありませんが、邪魔者であることは間違いないので排除するに越したことはありません。これは、彼女の剣技に対抗できる貴方にしかお願いできないことです」

「ハハハ！　最ッ高じゃねェか！　いいぜ、《剣姫》と戦えるって言うなら、テメェの指示に従ってやるよ。だが、《剣姫》と戦えなかったときは、わかってるだろうなァ？」

「はい、承知していますよ」

ディモンの獰猛《どうもう》な殺気がスティーグに向けられるが、彼は全く意に介した様子もなく、普段の邪気のなさそうな笑みを浮かべながらあっけらかんと答える。

「話は纏《まと》まったな。《羅刹》と《戦鬼》でツトライルを制圧しろ。《導者》と《雷帝》、《焚灼》は俺と一緒に裏切り者の殲滅だ。帝国と王国の戦争はお前に任せる、《英雄》」

ベリアが改めて幹部たちに指示をしていき、彼が最後に声を掛けたのは、上座から数えて七番目の椅子に座っている青年。

帝国の皇太子――フェリクス・ルーツ・クロイツァーだった。

「……元からそのつもりだ。帝国が世界に覇を唱えるためにも、ノヒタント王国は潰す必要があるからな。利害が一致している間はお前たちに協力してやるよ」

これまで瞑想《めいそう》しているかのように目を閉じながら幹部の椅子に座っていたフェリクスが、ベリアの言葉を受けて目を開いてから返答する。

フェリクスのその瞳は、正しい未来を見据えられていないことを証明するように、虹彩《こうさい》が濁っていた。

順調に事が進んでいることを自覚したベリアが昏《くら》い笑みを浮かべる。

「――ようやくだ。ようやくスタート地点が視《み》えてきた。お前たちには働いてもらうぞ、《異能者の王》が歪《ゆが》めた世界を在るべき姿に戻すために」

そして、《シクラメン教団》が本格的に動き出す――。

第一章　王女の密命

◇　◇　◇

「――重い……」

ソフィーの婚約騒動に端を発した《シクラメン教団》の幹部である《博士》との戦いや、クローデル元伯爵の断罪などがあった翌日。

この日は腹部に何か重たいものが乗っているような感覚から始まった。

「………は？」

その正体を確認すべく顔を上げて腹のあたりを確認すると、そこには突っ伏して気持ちよさそうに寝ているフウカが居た。

（フウカ⁉　どうして……⁉）

慌てて時間を確認するが、朝の七時前だった。

特段遅い時間でもない。

寝過ごしてフウカが起こしに来たという線は薄いだろう。

「ん……んぅ……」

俺が混乱していると、フウカがむくりと起きあがった。

「おはよう……。オルン……」

眠たげに目をこすりながら挨拶をしてくる。

「あ、あぁ。おはよう……。って、そうじゃなくて！　何でフウカがここに居るんだ？」

「……？　ダメだった？」

状況が未《いま》だに飲み込めていない俺がフウカに尋ねるが、当のフウカは首をかしげながら不思議そうな顔をしている。

「……ダメってわけじゃないが、女の子が一人で男の部屋に来るのは良くないだろう」

「うん、次は気を付ける。そんなことより、調子はどう？」

「調子？　……随分と長く寝ていた感じもするけど、至って普通だな」

何でいきなりそんなことを聞いてくるのか分からなかったが、自分の調子を確認してから感じたことを素直に伝える。

「そう」

俺の返答を聞いたフウカが一つ頷《うなず》く。

彼女の表情は相変わらずで何を考えているのかよくわからない。

一拍置いて再びフウカが口を開いた。

「オルン、私の話を聞いて欲しい」

そう言う彼女の表情は直前までの眠たそうなものではなく、俺が知るフウカの中でも一番真剣なものだった。

「……わかった」

彼女の雰囲気を前に、俺も自然と背筋が伸びる。

「オルンは、自分の記憶に疑いを持ったこと、ある？」

「……え？」

フウカからどんな話が飛び込んでくるのか分からなかったため、俺はある程度身構えていた。

それでも、フウカの発した言葉は、俺の思考を止めるには充分すぎるモノだった。

僅かに残っていた眠気も一気に吹き飛ぶ。

同時に前勇者パーティのメンバーだったゲイリー・オライルが遺《のこ》した言葉が脳裏を過《よぎ》る。

――『お前は約十年前にフィリーと接触している』

――『自分の当たり前を疑え。それは歪《ゆが》められた真実である可能性が高い』

死ぬ前のゲイリーは《シクラメン教団》に所属していた。

そして彼は今年の初め、俺がルシラ殿下を王都からツトライルまで護衛していた際に、彼女を殺害しようとしてきた人物だ。

「……うっ、ぐっ……！」

彼の言葉を思い出すと、頭痛が襲ってくる。

「その反応、自分が【認識改変】を受けてたことは知っているんだね。だったら話は早い。本当の過去を知りたくない？」

フウカが真っ直《ます》ぐな目で聞いてくる。

「教えて、くれるのか？」

俺が尋ねると、フウカはフルフルと首を横に振った。

「私は詳しいことを知らないから教えられない。でも、それを知る人物と引き合わせることはできる」

自分の本当の過去――。

そんなもの、知りたいに決まっている。

「フウカ、その人物と会わせてくれ」

迷うことなく答える。

「うん、わかった。だけど――その前にお腹空《なか》いたからご飯食べたい」

先ほどまでの真剣な雰囲気から一変、フウカが自分のお腹を触りながらそう言う。

「…………。ははは。相変わらずだな、フウカは。わかった。そろそろみんなも起きる頃だろうし、まずは食堂に向かおうか」

一瞬呆気《あっけ》に取られたが、いつもどおり過ぎるフウカを見て思わず笑ってしまった。

それから俺はフウカと一緒に食堂に向かい、セルマさんやハルトさん、ソフィーたち《黄昏《たそがれ》の月《げつ》虹《こう》》の面々と一緒に朝食を取った。

◇

当初の予定では、ツトライルに帰るために、本日みんなでダルアーネを発《た》つことになっていた。

そのためセルマさんたちは、各々《おのおの》ツトライルに帰るための準備に取り掛かり始めている。

俺はというと、フウカと先ほどの話の続きをしたかったが、彼女は朝食を取り終えると用事があると言って外に出てしまったため、仕方なく彼女が帰ってくるまで移動の準備をしていた。

フウカが会わせようとしている人物については、見当がついている。

その人物とは、恐らくクリストファー・ダウニングだろう。

──『ダウニング商会の商会長、クリストファー・ダウニングと接触しろ』

これもゲイリーが遺した言葉だ。

ダウニング商会の本店はヒティア公国にある。

そして、フウカもツトライルにやってくる前はヒティア公国で生活をしていた。

今の俺には、この符合が偶然のモノとはどうしても思えなかった。

「くそっ、また頭痛が酷《ひど》くなってきた……」

自分の過去について深く考えれば考えるほど、頭痛は激しくなる。

俺の本当の過去とやらを一部でも知っているらしいフウカが言っていたんだ。

俺がフィリー・カーペンターから【認識改変】を受けていることは、ほぼほぼ確定だ。

そうすると、この頭痛は【認識改変】で書き換えられた部分に疑問を持つことで起こるものと考えるのが自然か。

それ以上深く考えるなという警告のようなものだろう。

「……今考えたところで、時間と労力の無駄だ。俺はこれから自分の過去を知る人物と会うことになる。深く考えるのは、その時で良《い》いだろう」

頭痛をやり過ごすためにも、過去について考えないよう自分に言い聞かせるために呟《つぶや》く。

とはいえ、自分の過去について全く考えないというのは不可能だ。

どうしても考えてしまう。

そのためか、フウカが言及してからずっと鈍い頭痛が続いている。

しばらくはこれが続くんだろうと思うとため息を吐《つ》きたくなる。

そんな事を思っていると、ルシラ殿下の側仕《そばづか》えであるイノーラさんが声を掛けてきた。

「オルン様、おはようございます。今、少しよろしいでしょうか？」

「おはようございます、イノーラさん。ええ、大丈夫ですよ。何かありましたか？」

「姫様がオルン様との面談を求めています。これから姫様の部屋に来ていただけないでしょうか？」

（ルシラ殿下が？　一体どんな用だ？）

今は自分のことで手一杯というのが正直なところだ。

しかし、帝国と戦争中である状況で《夜天《やてん》の銀兎《ぎんと》》の幹部として王女を無下にすることはできないか。

戦場に探索者が行くことは無くなったが、それもあくまで現状では、だ。

戦況によっては探索者も戦場に出ざるを得ないことも充分に考えられる。

ルシラ殿下に貸しを作っておけば、そのようになった場合に人選を考慮してくれるかもしれない。

可能性は低いが、僅かでも団員が戦場に出なくて済む方法があるのであれば、クランの幹部として出来ることはやっておくべきだろう。

「わかりました。ルシラ殿下の元へ向かいます」

「ありがとう存じます。では、案内させていただきます」

イノーラさんの後ろを付いて歩いていると、外に出ていたはずのフウカを見かけた。

「フウカ、もう用事は終わったのか？」

「うん、終わった。オルンはこれから王女と会うの？」

俺の問いに答えたフウカは、イノーラさんを一瞥《いちべつ》してから質問をしてくる。

「あぁ。俺に話しておきたいことがあるらしくてな」

「そう。――ねぇ、私も付いて行っていい？」

フウカは俺の返答を聞くと、イノーラさんの方へ向き直って同行を希望する。

「はい、構いませんよ。姫様から貴女《あなた》が同行を求めてこられた際には、応じるよう申し付かっております」

ルシラ殿下がこの状況を見越していたことに驚きながら、俺とフウカはイノーラさんの案内に従ってルシラ殿下の元へと向かった。

◇

「失礼いたします」

「おはようございます、オルン。突然呼び出してしまってごめんなさい」

部屋の中に入ってからルシラ殿下に声を掛けると、俺に気づいた彼女から挨拶が返ってくる。

そんな彼女の表情は普段のほんわかとしたものではなく、悄然《しょうぜん》としているように見受けられた。

「ここを発つまでまだ時間もありますし、構いませんよ。それで、ご用件は何でしょうか？」

努めて笑みを浮かべ、言動で気にしていないことを伝えながら彼女に問いかける。

「私の話をする前に、一つ確認させてください。フウカ、貴女も一緒にやってくることは予想していましたが、どこまで話をしているのですか？」

「詳しいことは何も」

「……そうですか。わかりました」

二人の会話の意味が俺にはわからなかった。

俺の居ないところでルシラ殿下の用件について、既に二人で何かしらのやり取りがあったのか？

「オルンをお呼び立てしたのは、お願いしたいことがあったためです」

これは予想通りだ。

「続けてください」

「オルンには、これからヒティア公国へ行ってもらいたいのです」

（……ここでもか。ここにきて、俺に関わることがヒティア公国に向かっているな）

そんなことを心の中で思っている間も、ルシラ殿下の話は続く。

「実は、連合軍の件で周辺諸国へ呼びかけをすると同時に、ヒティア公国にも協力要請をしていました——」

ヒティア公国は魔術大国として知られ、諸外国にも大きな影響力を有している国家だ。

影響力を持つ理由は、《おとぎ話の勇者》または《異能者の王》という異名で語られている男

――アウグスト・サンスが建国した国だというのが大きい。

かの国は元々『王国』であったが、《異能者の王》が崩御してからは新たな君主を決めず、上級貴族が持ち回りで国を運営することになったため、王国から公国へと変わった経緯がある。

ルシラ殿下の話を要約すると、彼女はヒティア公国に魔導兵器の融通を依頼していて、それが了承されたらしい。

ヒティア公国は魔導兵器を融通する条件として、対面での引き渡しを希望しているようだ。

最新式の魔導兵器が万が一にも運送中に紛失しないようにと考えてのことだろう。

当初の予定では周辺諸国が兵を集めているうちに、ルシラ殿下が《翡翠《ひすい》の疾風《はやて》》を護衛として引き連れてヒティア公国に赴くことになっていた。

しかし、彼女の想定よりも早く戦端が開かれてしまった。

加えて、《英雄》こそ戦場に現れていないが、帝国は初端《しょっぱな》から大量の戦力を投入しているようで、ルシラ殿下は予定を繰り上げてすぐに連合軍と共に戦場へと向かうことになってしまったという。

そこでヒティア公国に向かう人材として、白羽の矢が立ったのが俺ということらしい。

「無茶なお願いをしていることは、重々承知しています。しかし、この状況で安心してこの任を任せられるのはオルンを措《お》いて他にありません。どうか、引き受けてはいただけませんか？」

「お話はわかりました。念のための確認ですが、この依頼は、名目上のものということでよろしいですか？」

俺がそう問いかけると、ルシラ殿下は笑みを深めるだけで何も言わない。

だが、それが答えのようなものだ。

先ほどのルシラ殿下とフウカの会話から、俺の知らないところで二人の間に何かしらのやり取りがあったことは間違いない。

加えて、仮にフウカが俺に会わせようとしている人物がヒティア公国に居なかったとしたら、フウカはルシラ殿下の話に割って入ったはずだ。

それだけ今朝のフウカの雰囲気は真剣なものだった。

「イノーラ、席を外して」

ルシラ殿下が彼女の傍《そば》に佇《たたず》んでいるイノーラさんへ声を掛ける。

「しかし、姫様――」

「――命令よ」

「………………畏《かしこ》まりました」

ルシラ殿下が有無を言わせない雰囲気でそう告げると、イノーラさんは退室した。

「――では、腹を割って話をしましょうか」

部屋の中に俺とフウカ、ルシラ殿下の三人だけになったところで、ルシラ殿下が口を開いた。

「オルンの言った通り、この依頼はあくまで名目上のものです。ヒティア公国の支援を受けるという話自体は本当ですが、支援を受けるにあたって先方が提示してきた条件は、『フウカの要求を飲むこと』というものでしたので」

「そして、そのフウカの要求が、『俺をヒティア公国に連れていくこと』だったわけですね？」

俺の確認にルシラ殿下が頷く。

「えぇ、その通りです。そこまで言い当てられるとは思っていなかったので驚きました」

「フウカ、一つ聞いてもいいか？」

ルシラ殿下の話を聞いた俺は、隣にいるフウカに声を向ける。

「なに？」

「何でわざわざこんな大義名分を用意したんだ？」

「それは単純。敵がどこに潜んでいるかわからないから」

「敵？」

「そう。オルンがヒティア公国に行くことは、オルンが思っている以上に重大な出来事だから、慎重を期す必要がある。ルシラからの依頼も密命ということにして、その内容は誰にも明かさないことを徹底して。下手をすれば、全てが始まる前に終わるから」

再び真剣な雰囲気を纏《まと》ったフウカに釘《くぎ》を刺される。

ゲイリーも『このことが教団に知られれば全てが終わる』と言っていた。

つまり、敵というのは《シクラメン教団》のことを指しているのか？

「わかった。肝に銘じておく」

「うん。だけど、そんなに気負う必要も無いよ。オルンの剣である私が傍にいるから」

俺の、剣……？

そういえば、去年の感謝祭で行われた武術大会の時も、フウカは同じことを言ってたな。

続けて『俺が世界の敵になる』とも言っていたんだったか？

あの時は疲労などであまり深く考えてなかったけど、結局どういう意味なんだ？

「……その、俺の剣ってなんだ？」

「今は気にしなくていい。そのうち解《わか》るはずだから。そう遠くないうちに。――それとルシラ。はい、これ」

俺の質問の答えを濁したフウカは、そのままルシラ殿下に魔石の付いた鞄《かばん》を手渡した。

「これは、もしかして……」

「うん、ヒティア公国からの支援物資。確かに渡したから」

「こんなに早く手に入るとは思っていませんでした。ありがとうございます」

ルシラ殿下が驚いた表情で声を漏らす。

この時点で支援物資を渡しているということは、ルシラ殿下からの依頼は文字通り名目上でしかないということか。

「……フウカが済ませたかった朝の用事っていうのは、それを用意することか？」

俺が疑問に思ったことを口にすると、フウカは首を横に振った。

「ううん、これはついで。本当の目的はXデーの最終確認のため」

「Xデー……？」

Xデーと言えば、重大な出来事が起こると予想される日、という意味だったはず。

「その辺りもいずれ解るから、今は気にしなくていい」

フウカはそう言うと、口を閉じた。

これ以上は話す気が無いようだ。

そんな意味深なことを言い残さないで欲しいんだが……。

◇

「それではオルンさん、私たちは先にツトライルへ帰りますね！」

《黄昏の月虹》メンバーにセルマさんを加えた五人の帰還準備が整い、その見送りに出たところでソフィーが声をかけてくる。

「みんな、一緒に帰れなくてごめん。このメンバーなら心配いらないだろうが、道中気を付けて」

「私たちよりもオルンの方が心配だ。ルーシーの密命ということだが、本当に危険はないのか？」

俺の言葉を聞いたセルマさんが、心配そうな表情で問いかけてくる。

これから俺がヒティア公国に向かうことを知っているのは、ルシラ殿下と話を聞いていたイノーラさん、それに俺の同行者であるフウカとハルトさんだけだ。

先ほどフウカに釘を刺されたこともあり、セルマさんたちにはルシラ殿下の密命で別行動をすることになったとしか伝えていない。

「あぁ。命の危険があるような依頼ではないよ。パパッと済ませて俺もすぐツトライルに帰るから、心配しないで」

俺はこれから自分の過去を知ることになる。

どんなものが待ち受けているのか、恐ろしくもあるが、それで俺が変わることは無い。

今の俺は、《夜天の銀兎》の探索者だ。

だから――俺の帰る場所は、《夜天の銀兎》だ。

「そうか。何かあれば私でもクランにでも良いから連絡を寄こしてくれ。すぐに駆け付ける」

「僕たちもです！　師匠なら難なく終わらせてしまうとは思っていますが、万が一にでも、何か困ることがあったら、遠慮なく僕たちを頼ってください！」

「ありがとう、セルマさん、ログ。心強いよ。もし何かあったら必ず助けを呼ぶことにする」

「ししょー、早く帰ってきてね！　やっぱりししょーにはあたしたちの快進撃を間近で見て欲しいから！」

続けてキャロルが口を開いた。

彼女の言っていることは、南の大迷宮の攻略についてだろう。

《黄昏の月虹》は年明け早々に下層へと到達した。

今の彼女たちの実力なら、深層到達も可能だと思っている。

そんなに早いペースで下層をどんどん攻略していくのは、確かに快進撃だな。

「そうだな。帰ってきたらお前たちに追い抜かれている、なんてことにならないように、一日でも早くツトライルに帰れるよう頑張るよ」

メンバー全員と一通りの会話を終えたところで、《黄昏の月虹》の面々が馬車へと乗り込む。

セルマさんが馬車のステップに足を掛けたところでこちらを振り返った。

「――オルン」

「ん？」

「…………いや。どうしてか、ここで何か言わないといけない気がしてな」

セルマさんはそう言いながら言葉を探しているようだった。

「……大丈夫だ、セルマさん。さっきも言ったけど、俺もすぐ戻るから。戻ったらまた一緒に大迷宮の攻略をしよう」

俺がそう言うと、セルマさんの表情が緩んだ。

「あぁ、そうだな。それじゃあな、オルン」

「うん、また」

そして、彼女らを乗せた馬車がゆっくりとツトライルに向けて動き出した。

視界に映る馬車が徐々に小さくなっていく。

それに反比例するかのように、俺の中で胸騒ぎのようなざわつきが大きくなっていくのを感じた。

弟子や仲間と再び離れ離れになることに、センチメンタルな気分になっているのかもしれない。

「…………それじゃ、俺たちもヒティア公国に向かおう」

馬車が見えなくなったのを確認してから、傍に居たフウカとハルトさんに声を掛ける。

「了解だ。いやぁ、にしても、ヒティア公国に行くのも久しぶりだな〜」

俺の声掛けに、ハルトさんは緊張感のない間延びした口調で返事をしてくる。

「フウカとハルトさんはツトライルに来る前はヒティア公国で暮らしていたんだよな？」

「あぁ。数年前に故郷《キョクトウ》で起こった内戦から逃れるために国を出て、それからなんやかんやあって一年ほどヒティア公国で生活してから、これまたなんやかんやあってツトライルで探索者をやることになったんだ。振り返ると、ホント、人生って何があるかわからねぇよな」

少し踏み込んだことを質問したが、ハルトさんは特段気にした様子もなくあっけらかんと答えた。

「だったら、ヒティア公国に行ったことないい俺よりも、地理に詳しいよな？　道中のルート選択はハルトさんに任せても良いか？」

「あぁ、元からそのつもりだ。ちっと特殊なルートを使う予定だからな」

「特殊なルート？」

「それはその時になってからのお楽しみってことで」

「ハルト、道中でラウローニ王国の鳥もつ煮とツァハリーブ王国のジャガイモを使ったグラタンは食べたいから、それが食べられる場所を通過するルートがいい」

俺とハルトさんの会話を黙って聞いていたフウカが、突然口を挟んでくる。

「お前はブレねぇなぁ。大した遠回りにはならないから良いけどよ」

そんな会話を繰り広げながら、俺たちはルシラ殿下に用意してもらった馬車に乗り込んで、ダルアーネを発った。


この時の俺は、あんな結末が待っているなんて夢にも思っていなかった。

いつの日かフウカが言っていた。

『安寧なんて、この世のどこにもない。当たり前と思っている日常なんて、いつ壊れてもおかしくない薄氷の上に成り立っているものでしかないのだから』と。

俺はこれから、その言葉の真意を痛感することになる——。

幕間《まくあい》　罪過

◇　◇　◇

私、レイン・ハグウェルの幼少期は、唯我独尊の一言に尽きる。

魔術大国であるヒティア公国の名家だったハグウェル家に生まれた私は、姉のテルシェよりも魔術の才能があったらしい。

それを知った両親によって、早々に学園へと入学させられた。

テルシェはというと、私が学園に入学する時期に生まれた、とある家の娘の側仕《そばづか》え兼護衛となった。

私とテルシェに対する両親の扱いの違いや、私が最高峰の魔術と呼ばれている【空間跳躍《スペースリープ》】の特異魔術士だったこと、周りから天才と呼ばれ続ける日々は、当然私を増長させた。

この時の私は、冗談ではなく本気で、世界が自分を中心に回っていると信じて疑わなかった。

そんな私の転機は、テルシェが仕えている少女――シオン・ナスタチウムが学園に入学してきたことだったと思う。

彼女の魔術の才能は、特異魔術士である私を優に超えていた。

必然的に、学園内における天才の代名詞は私からシオンへと徐々に移ることになる。

ハグウェル家の人間がナスタチウム家の従者になっていることからもわかるように、家の格という意味でも当然ナスタチウム家の方が上となる。

両親からもシオンの怒りを買う行動は慎むよう言われていた。

しかし、それにもかかわらず、私は彼女に突っかかってしまった。

理由は単純。

その状況が私にとって面白くないものだったから。

とある日、私は学園でシオンに声を掛けた。

「貴女《あなた》、天才なんだって？　だったら私に魔術を教えてよ」

言葉こそ教えを乞うようなものだが、実際は喧嘩《けんか》を売っていた。

その過程で自分の方が上であることをシオンだけでなく周囲に知らしめようと考えて。

「えっと、貴女はテルシェの妹さん？」

シオンは突然突っかかってきた私に戸惑いの表情を見せながらも、穏やかな雰囲気だった。

「シオン様、愚妹《ぐまい》の戯言《たわごと》に耳を貸す必要はございません。次の講義まであまり時間もありませんし、講義室へ向かいましょう」

シオンの後ろを歩いていたテルシェが私たちの間に割って入ってきた。

今思えば、愚行に走っている私や家を護《まも》るための行動だとわかる。

だけど、当時の私にそんなことがわかるはずもなく……。

「劣等生は黙っててよ。私は今、天才って言われてるシオンと話をしているんだから」

私がそう言った直後、シオンの雰囲気が重たいものに変わった。

「劣等生ってテルシェのことを言ってるの？」

「それ以外に誰が居るの？　だって、お姉ちゃんは私よりも才能がない劣等生だから貴女の従者なんてやってるんでしょ？」

「撤回して。魔術の才能という点で言えば、テルシェより貴女の方が上なのかもしれない。でも、人の価値は魔術の才能だけで推しはかれるものじゃないでしょ。事実、テルシェは多才で、私はいつも彼女からたくさんのことを学んでるんだから」

シオンの纏《まと》う空気がどんどん冷たいものになっていった。

今の私がその場に居たらすぐに離れたいと考えるのだけど、当時の私は食いついてくれたことに内心喜んでいただけで、事の重大さが理解できなかった。

「え～、どうしようかな～。あ、そうだ！　だったら魔術で勝負しよ！　貴女に負けたら撤回してあげるよ」

「シオン様――」

「――いいよ、勝負しよ」

テルシェが再び間に入ろうとするも、その努力も虚《むな》しく私の望み通り勝負をすることになった。

そして、その結果は惨敗。

誰が見ても、シオンの方が上だと思えるほどの完敗に終わった。

これが、最初の私の過ち。

前述の通り、私は両親からシオンの怒りを買う行動は慎むよう言われていた。

それなのに、私がシオンに突っかかったものだから、ちょっとした騒ぎになったらしい。

私は子どもだったことに加えて、今ではその時何があったのかを教えてくれる人が傍《そば》にいないから、当時の詳しいことは私にはわからない。

それでも、両親が何かしらの罰を受けたことは子どもながらに理解していた。


そんなことからしばらく経《た》った、四聖暦《しせいれき》六一九年十月二十日のこと。

私はこの日付を忘れることはないと思う。

両親の呼び出しに応じて彼らの元を訪れると、その場には両親の他に右目に眼帯をした青年が居た。

それから両親に頼まれたのは、眼帯の青年が率いる人たちをとある場所に転移させてほしいとのことだった。

「そんなに離れてない場所じゃん。わざわざ転移しなくてもいいと思うけど」

「警戒が厳しいんだ。だから、君の【空間跳躍《スペースリープ》】で突入したい。その場所では人体実験が行われていてな、一日でも早くそこで実験を受けている人たちを救い出したい。俺たちに力を貸してほしい」

私の質問に眼帯の青年がそう答えたことを今でもよく覚えている。

シオンに惨敗して自分のアイデンティティを見失いかけていたことに加えて、人助けになるということで、私はその依頼に応じることにした。

そして私は、指定の場所——黎明《れいめい》の里へと彼らを転移させた。

これが私の最大の過ち。

それが齎《もたら》した結果を、私は早々に知らされることになる。

その数日後、いつも通り私が帰宅すると、家の中は真っ赤に染まっていた。

家具や壁だけでなく、両親も使用人も——全てが。

突然の出来事に頭を真っ白にしていた私に、「帰ってきたのね」と女性の声が聞こえてきた。

声のする方に視線を向けると、身体《からだ》の所々を返り血で赤くしているテルシェがいた。

「なんなの、これ……。お姉ちゃんが、これをやったの……？」

「…………」

「答えてよ！」

「それだけ私に食って掛かって来られるなら上出来ね。レイン、今すぐ私と貴女を黎明の里に転移させなさい。数日前にやったんだから出来るわよね？」

「なんで、そんなこと……」

「いいから、やりなさい」

冷たいテルシェの視線は現実味の無い血まみれの光景よりも怖かった。

「わ、わかったよ……」

そして私は、テルシェと一緒に眼帯の青年たちを転移させた場所に跳んだ。


「なに、これ……」

視界に映るものが、血まみれの空間から、建物のほとんどが崩れ落ちている場所へと変わった。

ここは人里と聞いていたが、私とテルシェ以外誰もおらず、少し離れたところには不格好なお墓のようなものがいくつも作られている。

家に溢《あふ》れかえっていた悪臭が未《いま》だに鼻に残っているのか、似たような臭いをそこでも感じた。

「貴女がやらかしたことをきちんと直視しなさい」

戸惑っている私にテルシェが冷淡な言葉を向けてきた。

「……私が、やらかしたこと？」

「数日前まで、ここには多くの人が暮らしていた。それをこんな景色にしたのは、貴女が転移させた連中よ」

「で、でも、ここでは人体実験が行われていて、あの人たちはその人たちを救うためにって……」

「確かに貴女は指示に従っただけで、実情を知らなかったのかもしれない。でも、『知らなかった』では済まされないこともあるのよ。……この中にいくらかの金銭と数日分の食料、数着の服があるわ。これを持ってさっさとこの国を出ていきなさい」

テルシェはそう言いながら私に収納魔導具を手渡してきた。

「どういうこと……？」

「そのままの意味よ。通常なら情状酌量の余地ありとなるかもしれないけど、今回の事件に於《お》いて、それはあり得ないわ。この国にいれば遅かれ早かれ貴女は殺される。だから、今の内に出ていきなさい――」

◇

「――久しぶりに見たな……」

目を覚ました私は、第一声にそう呟《つぶや》いた。

今見たものは、夢ではあるけど、嘘偽《うそ》りの無い私の幼少期。

今の私は《夜天の銀兎《やてんのぎんと》》の探索者として、平穏と言って差し支えの無い毎日を過ごしている。

その毎日は楽しいもので、最近は昔を思い返すことが減っていた。

だからなのか、まるで罪過《かこ》を忘れないようにと自分を戒めるため、この夢を見たのかもしれない。


「……えっ⁉　もうこんな時間⁉」

身体を起こしてから時間を確認すると、普段なら既に部屋を出ている時間だった。

急いで立ち上がって、寝巻から団服に着替える。

簡単に身だしなみを整えてから部屋を出る。


「遅れてごめんなさい！」

《夜天の銀兎》本部、第一部隊の作戦室に入って第一声で謝罪した。

「おはよ～、レインさん！」

「おはようさん。どっか寄ってたのか？」

先に作戦室に居たルクレとウィルが、いつもと変わらない表情で私を迎え入れてくれた。

あんな夢を見てしまったからか、この二人のそんな態度が私にはとても温かく感じた。

「ご、ごめんね。その、ついさっきまで、寝てて……」

どんな理由であれ、この歳《とし》になって寝坊してしまったことが恥ずかしくて、口ごもりながらになってしまった。

「ほら、やっぱり寝坊だった！」

ルクレが嬉《うれ》しそうな声を上げる。

「まじかよ。野暮用で遅れていると思ってたんだがな……」

二人の会話を聞いていると次第に顔が熱くなってくる。

（うぅ……。この歳で寝坊とか、恥ずかしすぎる……！）

「ふっふっふ〜。じゃあ賭けは私の勝ちってことで、今日の昼食はウィルのおごりね！」

「ちぇー、しゃーねぇな」

「そんな！　寝坊した私が悪いんだから、昼食代は私が出すよ！」

申し訳なさから私がそう言うと、二人はきょとんとした表情をしている。

「どうして？　集合に遅れたって言っても五分くらいで、ボクたち特に迷惑かけられてないよ？」

「だな。それに、レインはセルマの姉御やオルンの穴埋めで毎日事務的な仕事をやってくれているじゃねぇか。疲れが溜《た》まっているんじゃないか？　何なら今日は休みにしても全然構わないぞ。オレたちだってレインほどじゃねぇが、事務仕事もできるしな」

「そうだよ！　ボクも手伝うよ！」

二人の気遣いに心が温かくなる。

ルクレもウィルも私には勿体《もったい》ないくらいの素敵な仲間だと、改めて実感した。

「……ありがとう、二人とも。でも、私は大丈夫よ。迷宮調査とかそういったことは二人に完全に任せっきりになっちゃっているわけだしね」

「お？　なんか、急に元気になったな！」

「元気になってくれてよかった！　レインさんがシュンとしていると、こっちも調子出ないからね～！」

「…………。ふふっ、任せなさい！　私はお姉ちゃんとして、これからも二人を引っ張っていくから！　それじゃあ、今日も一日頑張りましょう！」

「「おぉ!!」」

◇　◇　◇

ツトライルにある探索者ギルドの最奥。

本来、ギルド長のみが入ることを許されている小さな部屋に二人の男が居た。

一人は南の大迷宮を含めた大陸南部の管理を探索者ギルド本部より一任されている初老の男――ギルド長リーオン・コンティ。

そしてもう一人は、オルンに『じいちゃん』と呼ばれ慕われている老人――カヴァデール・エヴアンスだった。

「――こんな所じゃろ」

カヴァデールが部屋の床に描かれている魔法陣から手を離す。

「これで、術式の改竄《かいざん》は終わりですか？　思ったよりも呆気《あっけ》ないものですね」

「改竄と言っても必要最低限しか弄《いじ》ってないしのぉ。それよりも協力に感謝するよ、リーオン殿」

「貴方の正体に加えて、帝国の一次侵攻や国王の殺害、それ以外にもいくつも言い当てられているのですから、協力せざるを得ないでしょう。死ぬのは嫌ですが、覚悟はできていますよ」

第一次侵攻とはオルンたちがレグリフ領に出張していた際に起こった、《英雄》によるレグリフ領侵攻のことだ。

カヴァデールは昨年の七月ごろにリーオンに接触し、その際に自身の正体を明かすと同時に、その後に起こることについて予言をしていた。

そして、その予言は悉《ことごと》く現実となっている。

最初こそ半信半疑だったリーオンだったが、ここまで言い当てられると信じずにはいられない。

何故《なぜ》ならリーオンにとって見過ごすことができない予言がまだ残っているのだから。

「しかし、本当にこれしか方法は無いのでしょうか？　《シクラメン教団》によってツトライルが蹂躙されるという未来を回避する方法は」

「ツトライルの襲撃だけを回避するのならば、他にもやりようはあるじゃろ。じゃが、それでは根本的な解決にはならない。いずれは全てを蹂躙されて終わりじゃ」

「だから、貴方は賭けに出たと？　ここに住まう者たちの命を天秤《てんびん》にかけて」

「何かを得るには代価が必要じゃ。それが今回はツトライルの住人の命というだけのことじゃよ。じゃが安心せい。前にも言った通り、この代価はある意味で見せかけじゃ。本当に支払うものは別にある」

「…………」

カヴァデールのその言葉の真意を知るリーオンの顔が悲しげに曇る。

「お主にはこれを渡しておく」

そう言ってカヴァデールが手渡したのは、腕輪型の魔導具だった。

「これは？」

「任意の相手に念話を飛ばす魔導具じゃ。使用できるのは一回。それも数秒程度じゃが、何とか作ることができた。これを使うこと、それがお主の最後の仕事じゃ」

「……貴方は、本当にこの結末で良《い》いのですか？」

「ほっほっほ。良いに決まっておる」

リーオンの言葉を笑い飛ばしたカヴァデールが遠い目をする。

「……儂《わし》は息子に何もしてやることができなかった。むしろ奪ってこそいたじゃろう。これは儂の罪滅ぼしじゃ。息子の未来を閉ざしてしまったからこそ、せめて孫には無限の未来を与えたいんじゃや――」

第二章　虚実混在の記憶

◇

ダルアーネを発《た》ってからの道程は順調そのものだ。

今、俺たちはツァハリーブ王国の王都で各々《おのおの》自由行動をしている。

ここ最近は馬車に揺られる毎日であったことから、身体《からだ》を休めるのが目的だ。

……まぁ実際のところは、フウカがここにあるグラタンが絶品の店に絶対に行きたいと言って譲らなかったことや、ハルトさんもここで済ませておきたい野暮用があるのが理由だったりするが。

俺はというと、暖かな西日の当たるベンチに腰かけながら、先ほど本屋で買った本を読んでいる。

その内容は、《おとぎ話の勇者》が《異能者の王》と呼ばれるきっかけとなった伝記を纏《まと》めたものだった。

おとぎ話の時代、人類は邪神との戦いで劣勢を強いられていた。

そんな窮地の中で、異能という特別な力を顕現させる人間が少しずつ現れ始めた。

そして、最終的に《おとぎ話の勇者》によって邪神は倒された。

しかし、人類の脅威だった邪神が居なくなったからといって、すぐに平和が訪れたわけではない。

その理由は異能者の存在だ。

邪神が居なくなった世界では、力を誇示する異能者、逆に非異能者に迫害されて居場所を追われた異能者など、異能者と非異能者の対立が各地で目立ち始めていた。

そんなときに、《おとぎ話の勇者》は異能者を受け入れる国――ヒティア王国を作った。

そして彼は次第に、異能者を統治する国の王――《異能者の王》と呼ばれるようになった。


「…………」


とはいえ、本の内容はほとんど頭の中に入ってきていない。

頭を巡っているのは、当然自分の過去について。


俺は、地図にも載っていないような寒村で生まれ育った。

俺が探索者を志したのは、探索者だった祖父が村に現れた魔獣を倒した姿に憧れたためだ。

そんなある日、俺とオリヴァーが不在にしていたタイミングで村が野盗に襲われてしまい、俺たち以外の住民が亡くなってしまった。

殺された村の仲間たちを埋葬しながら俺は誓いを立てた。

『理不尽なことがあろうとも何も失わないように。どんな状況だろうと大切なものを護《まも》れるくらいに強くなる』と。

そして、オリヴァーと一緒にツトライルへと向かった。

ツトライルで探索者になった俺たちは、そこでルーナと出会い、三人で探索者パーティを結成した。

それからデリックやアネリを仲間に迎え、南の大迷宮の九十四層に到達し、世間から勇者パーティと呼ばれることになった。

そして、器用貧乏とバカにされながら勇者パーティを追い出され、巡り合わせもあって《夜天《やてん》の銀兎《ぎんと》》に加入することになり、今日に至る。

これが俺の把握している自分の過去の概略だ。


──『自分の当たり前を疑え。それは歪《ゆが》められた真実である可能性が高い』

最近は、ゲイリーの最期の言葉が何度も頭を過《よぎ》る。

そのたびに頭痛が激しくなる。

俺の中に答えがない以上、過去について深く考えても仕方がないことは分かっている。

いつもなら、こうなったときフウカやハルトさんと話をすることで無理やり自分の思考を逸《そ》らそうとしていた。

だが、生憎《あいにく》とこの場には俺一人しかいない。

頭の中では様々な考えがずっとぐるぐると回っていて、自分でも徐々に混乱し始めていることがわかる。

出口の見えない迷路に迷いこんだ気分だ。

形容しがたい恐怖が足元から徐々に上ってくる。

振り払おうにも、思考を止めることができない。

頭痛が主張を強める。

心臓が激しく波打つ。

冷たい汗がにじみ出る。

喉が渇く。


俺が過去にフィリー・カーペンターと接触しているのなら、自分の記憶なんて、ほとんど意味を成さない。

彼女は【認識改変】という異能を持っているのだから。


――俺は、何者だ？

俺は、オルン・ドゥーラ。

俺は、《夜天の銀兎》の探索者。

探索者になったのは九歳の頃。

そこからはずっとツトライルで生活していた。

それは、間違い無い、はず。

ツトライルの探索者ギルドにも、それらは記録されている。

当時、拙い報告書を書いたことも、提出後に何度か見返した記憶もある。

【認識改変】を受けていたとしても、文書の内容を改竄《かいざん》することはできないだろうから。


——本当にそうか？


今この場でそれを証明できるものを俺は持っていない。

その記録を見たという記憶すら、改変されたものであるなら？

俺はいつから探索者をやっていたんだ？

そもそも、俺は本当に《夜天の銀兎》の探索者なのか？

──いや、この右手の感覚は本物だ。

自分が羽織っているコートの左胸部分に刺繍《ししゅう》されている《夜天の銀兎》の紋章をぎゅっと握って、俺は《夜天の銀兎》の探索者であると、自分に言い聞かせる。

考えれば考えるほどドツボに嵌《はま》っていく。

それでも、これまでの俺の生き方が、思考を止めることを許さない。

ほぼ無意識に思考し続ける。

もう、何が本物で、何が偽物なのか、わからない──。

「……ぃ……。……ぉい、……。……おい！　オルン！」

「──っ⁉」

肩を叩《たた》かれた感覚で我に返る。

「ハルト、さん……？」

顔を上げると、そこには心配そうな顔をしているハルトさんが居た。

「大丈夫か──って、そんなわけないよな。……一人にして悪かった」

「……いや、用事があったんだろ？　俺なら大丈夫だから。……でも、用が済んだなら早くヒティア公国へ行こう」

ハルトさんには強がったが、酷《ひど》い頭痛に加えて、信用できない自分の記憶に晒《さら》され続けるこの状況は俺の精神を擦り減らすには充分すぎる。

今すぐにでも、俺は自分の本当の過去を知ってこの状況から抜け出したい。

「あぁ。わかってる。ダルアーネを発つ時に俺が言ったこと、覚えているか？」

「『特殊なルートを使う』ってやつか？」

ハルトさんの問いに答えると、彼は満足げに頷《うなず》いた。

「それだ。俺の野暮用ってのは、その特殊なルートを使うための準備のことだ。オルンが今すぐここを発ちたいと思っていることは充分に理解している。だが、今日はここで一泊して、明日発つことにしてくれねぇか？　今日ここを出発するよりも確実に早くヒティア公国に到着すると約束するからよ」

そう言うハルトさんの表情は真剣そのものだった。

普通に考えれば、物理的距離が一定な以上、早く出発すればするだけ早く到着することは自明の理だ。

だが、彼はそう言い切るだけの根拠を持っているのだろう。

フウカとハルトさんは俺に隠し事をしているんだと思う。

だけど、俺は二人を信じたい。

「……わかった。ハルトさんのその言葉、信じるよ」

「ありがとう」

◇

ツァハリーブ王国の王都で一泊した翌日。

集合場所である宿の食堂へと向かうと、既にフウカとハルトさんが待っていた。

「おはよう、二人とも。ごめん、待たせたか？」

「おはよう、オルン」

「おはようさん。俺たちもさっき来たところだから気にすんな。そんじゃ、行くか」

そう言ってハルトさんは歩き出した。

宿を出て彼が向かう先は街の外ではなく、街の中心だった。

そのことを疑問に思いながらも、フウカも気にした様子もなく後を追い始めたため、二人に付いて行く。

「……なぁオルン、一つ質問してもいいか？」

街中を歩いていると、ハルトさんが真剣なトーンで質問をしてくる。

彼は普段は飄々《ひょうひょう》としているから、こうして真面目な雰囲気になられると、こちらも必要以上に身構えてしまう。

「あぁ、構わないよ」

「変に思わないで欲しいんだが、お前にとって、勇者パーティを追い出されてから今日まで歩んできた道は後悔の無いものだったか？」

相変わらず真剣な雰囲気で問いかけてきた。

俺の隣を歩くフウカも、普段は我関せずという態度だが、今ばかりは俺に注目しているように感じる。

何故《なぜ》ハルトさんが、しかもこのタイミングで、こんな質問をしてきたのかはわからない。だけど、冗談や単純な興味からくる質問ではなさそうだ。

だったらここは俺も真剣に答えるべきだろう。

「──後悔は無いよ。少なくとも、今は」

「それは、後悔していた時期があるってことか？」

「いや、後悔するのは未来で、かな。多分だけど」

「………………」

「一年前、《夜天の銀兎》からの勧誘を受けて迷っていた時に、尊敬する人から言われたんだ。『迷ってから決断したことは、必ず後悔する』って。クランへの加入はかなり迷ったからな。いつかは後悔する出来事に遭遇するんだと思う」

これはパーティを追い出されて人との付き合いに臆病になっていた時に、じいちゃんに言われた言葉だ。

あの時に言われたことは、今でもすごく印象に残っている。

俺にとっては自分の価値観にも影響を与えてくれた内容だった。

「――だけど、その時が訪れても、俺はこの選択に納得できると思っている。それだけ今日までの日々は充実したものだったから」

「……そうか」

俺の回答を聞いたハルトさんが、安心したような、それでいて後ろめたそうな、そんな複雑な表情をしながら一言だけ呟《つぶや》く。

フウカは相変わらずの無表情で、そこからは何を考えているのか読み取れなかった。

ハルトさんが軽く目を閉じてから息を吐きだす。再び目を開けた彼はいつも通りの表情に戻っていた。

「変な質問して悪かったな」

「いや、それは全然構わないけど、俺の回答は満足できるものだった？」

「ん？　満足も不満もねぇよ。それはオルンの感じていることで、それが全てだからな。――お、ちょうど着いたな」

ハルトさんが建物の前で足を止める。

彼が止まった先にあったのは、ダウニング商会の支店だった。

二人は俺と会わせようとしている人物のことを答えてくれなかったが、俺はダウニング商会の商会長であるクリストファー・ダウニングだと思っていた。

だから本店のあるヒティア公国に向かっていると勝手に考えていたが、まさか支店であるこの店に彼が居るのか？

だけどハルトさんは昨日、特殊なルートを使うことで早くヒティア公国に着くと言っていたはずだ。

この国のダウニング商会支店にやってきたことに疑問を覚えていると、二人が店内へと入っていったため、慌てて付いて行く。

俺たちの入店に気が付いた店員らしき人物が近づいてくる。

「《赤銅《しゃくどう》の晩霞《ばんか》》のフウカ。例の場所に案内して」

珍しくフウカが前に出ると、何かのカードを取り出してから用件を店員に伝えた。

「お待ちしておりました。支店長より話は伺っております。直ちに準備いたしますので、こちらの部屋で少々お待ちください」

丁重な物腰の店員に応接室へ通された俺たちは、そこで椅子に腰かける。

店員が部屋から出ていき俺たちだけになったところで、ハルトさんがいきなり収納魔導具から眼鏡を取り出すと、それを掛けた。

眼鏡のレンズを見る限り、度は入っていない伊達《だて》眼鏡のようだ。

だが、ただの伊達眼鏡とは思えないほどに、レンズには魔力が内包されていた。

しかし、魔石が見当たらないから魔導具でもなさそうだ。

あのレンズはなんだ？

「どうだ？　似合ってるか？」

眼鏡を見ていると、俺の視線に気づいたハルトさんが質問してきた。

「似合ってる似合ってない以前に、何でいきなり掛けたんだ？」

「この後ちょっとばかしこれを使う機会があるんだよ。まぁ、細かいことは気にすんな」

「…………。じゃあ、眼鏡のことは置いておくとして、俺たちはヒティア公国に向かっているんだよな？　こんなところで油を売っている場合ではないと思うんだが」

俺が問いかけると、ハルトさんが少し目を瞑《つぶ》った。

彼は余裕があるときに異能を行使する際、いつもこのようにしている。

十中八九異能で周囲を確認したのだろう。

目を開けたハルトさんが俺の方へと視線を向けてくる。

「オルンの言う通り、俺たちはヒティア公国へ向かっている。だが、昨日も言ったはずだ。特殊なルートを使うってな」

「その言い方だと、その特殊なルートについて教えてくれるということか？」

「あぁ。ここなら万が一にも他人に聞かれることはないだろうから言うが、要するに転移だ」

「……は？　転移？」

「そ。これから俺たちは、ここからヒティア公国にあるダウニング商会の本店へ一瞬で移動するってわけだ」

「…………」

久しぶりに呆気《あっけ》に取られた。

確かに魔術には【空間跳躍《スペーススリープ》】という転移の魔術が存在する。

しかし、その魔術による転移可能な距離はせいぜいが百メートル程度。

ここからヒティア公国まで、どれだけ距離があると思っているんだ。

俺は【空間跳躍《スペーススリープ》】の特異魔術士であるレインさんから、術式構築のコツなんかを教えてもらったため転移の距離をかなり伸ばせているが、当然ここからヒティア公国までの移動なんて不可能だ。

そもそもとして、支援魔術は魔導具による再現ができないと言われている。

【空間跳躍《スペーススリープ》】も支援魔術に分類されているため、当然未《いま》だに再現できていないと聞く。

そんな長距離の転移が可能になったら、冗談抜きで革命だ。

社会の在り方そのものが変わると言っても過言ではない。

そんなことを知ってか知らずか、ハルトさんはあっけらかんと転移すると言っている。

これまでと違う意味で頭がくらくらしそうだ……。

「念のために聞くけど、冗談で言ってるわけじゃないんだよな？」

「あぁ、大真面目だ。とはいえ、転移には相当な魔力が必要で、おいそれと使えるものではないらしいぞ。俺は魔術に精通しているわけじゃないから詳しいことは知らないが」

「ダウニング商会が魔導具の開発や販売を生業《なりわい》としている世界有数の商会であることは知っていたが、長距離転移まで可能にしているとはな……。一つの商会が持つには絶大すぎるだろ……」

ダウニング商会の技術力に戦慄していると、まるでタイミングを見計らったかのように扉をノックする音が聞こえてくる。

それからゆっくりと扉が開かれると、眼鏡を掛け、黒い長い髪を両の肩口で結んでいる侍女服の女性が部屋の中に入ってきた。

「テルシェ、久しぶり」

その女性と知り合いだったらしく、フウカが挨拶をすると、テルシェと呼ばれた女性がお辞儀をしてから返事をする。

「お久しぶりでございます、フウカ様。――ハルトは眼鏡が似合わないわね」

フウカに対しては丁寧な挨拶だったが、ハルトさんに対しては辛辣な言葉を向けていた。そんな言葉を受けたハルトさんは苦笑いをしている。

「相変わらず俺には容赦ねぇな、テルシェ……。ま、いいや。お前がここに居るってことは、結局お嬢様は目を覚まさなかったのか？」

この女性のハルトさんへの態度はいつものことなのか、ハルトさんは特段気にした様子もなく、彼女に質問を投げる。

「その質問に答えるのは後よ」

しかし、女性はハルトさんの質問に答えることは無く、優雅な足取りで俺の元へとやってきた。

そして、先ほどのフウカへのお辞儀よりもさらに丁寧さを感じる所作で一礼をしてくる。

「えっと……」

俺が彼女のそんな態度に戸惑っていると、彼女が口を開く。

「お初にお目にかかります、オルン様。テルシェ・ハグウェルと申します。お見知りおきくだされば幸いでございます」

「はい。初めまして、テルシェ、さん。こちらこそ、よろしくお願いします。…………ん？　ハグウェル？」

テルシェさんの仰々しい態度にかなり驚いているが、俺は動揺を隠して挨拶を返す。直後、彼女の姓に引っかかりを覚えた。

「はい。《夜天の銀兎》に所属しているレイン・ハグウェルは、私の愚妹《ぐまい》です」

まさかのレインさんのお姉さんだった。

レインさんはかなり小柄な人だ。

それに対してテルシェさんは長身でスラッとしているため、パッと見では二人が紐《ひも》づきにくい。

だけど、言われてみれば確かに眼鏡のレンズの奥にある空色の瞳や髪色、顔立ちは、レインさんと似ている気がする。

「そうだったんですね。レインさんにはいつも助けられています」

「愚妹がオルン様のお役に立てていると聞けて安心いたしました。アレは利用価値が無くなったら捨ててしまって構いませんので。――では、参りましょうか」

テルシェさんの言い方に少し違和感を覚えたが、この場で触れることでもないと考えて、歩き始めたテルシェさんの背中を追いかけようとしたところで、

「ちょいちょい！　俺の質問は結局無視かよ。今後の動きにも関わるんだから教えてくれよ！」

焦ったような様子のハルトさんがテルシェさんに声を掛ける。

「あぁ。そうだったわね。シ――こほん。お嬢様は今も眠ったままよ。貴方《あなた》にとっては朗報かしら？」

俺との挨拶のために後回しにしていたハルトさんの質問を思い出したテルシェさんが答える。

質問内容もその回答も俺にはよくわからないものだった。

「別に朗報ってわけじゃねぇよ。でもそうか、もう数ヵ月経《た》つんだろ。少し心配だな」

「……ええ、そうね」

返答を聞いたハルトさんが、そのお嬢様という人物を心配するようなことを口にすると、テルシェさんは悲しそうな表情で呟いた。

◇

テルシェさんに連れられて建物の奥まで進んでいく。

そのまま床に魔法陣が描かれている部屋へとやってきた。

「これが、転移の魔法陣ですか？」

俺は魔術の開発もしているため、いくつもの魔法陣を見てきた。

それでも、目の前に映る魔法陣はあまりにも複雑で、少し見ただけでは全く理解できないものだった。

まるで、じいちゃんが作る魔導具に刻まれている術式のように。

「左様でございます。それでは転移魔術を起動しますので、皆さま魔法陣の上に立ってくださいませ」

俺たちが魔法陣の描かれている場所まで移動すると、魔法陣が光り始める。

直後、視界が一瞬歪んだ。

「到着いたしました」

「え、もう……？」

視界が歪んだだけで部屋の形も変わっていないため、テルシェさんにそう言われてもいまいちピンとこない。

そんな俺の反応を見て、テルシェさんが苦笑いをする。

「少々呆気ないですよね。ですが、正真正銘ここはヒティア公国の首都セレストにあるダウニング商会本店でございます。それでは、商会長の元へ案内いたしますので、もう少々ご足労願います」

転移の魔法陣が描かれた部屋を出ると、確かにそこは先ほど通ったところとは違っていた。

再びテルシェさんの後ろを付いて歩いていると。その道中で、フウカが珍しく口を開いた。

「クリスとの話の場には、テルシェも同席するの？」

「はい。彼の地へ向かう際には私も同行させていただきたいので、是非とも同席させていただければと考えております」

「オルン、いいよね？」

テルシェさんの返答を聞いたフウカが一つ頷くと、俺に同席の許可を求めてきた。

俺の許可なんて必要ないと思うが……。

「あぁ。フウカとハルトさんが問題視していないなら俺も大丈夫だ」

「ありがとう存じます、オルン様」

「いえ……。それよりもテルシェさん、俺にはもっと砕けた態度で良《い》いですよ？　年上の方にここまで畏《かしこ》まった態度を取られるのは少々むず痒《がゆ》いですし……」

テルシェさんがハルトさんにあそこまで辛辣な態度を取れるということは、俺やフウカに対する態度よりも、ハルトさんに対するものの方が素に近いんだろう。

しかし、テルシェさんは俺の申し出に対して首を横に振った。

「オルン様のご要望には可能な限り応じる所存ですが、申し訳ありません、そのご要望にだけは応じるわけには参りません」

「そう、ですか」

テルシェさんの声音には並々ならぬ意志のようなものを感じ、食い下がることは憚《はばか》られた。

俺が少々居心地の悪さを感じるだけで、特段他に問題があるわけでもないし、彼女の好きにさせよう。

それにしても、彼女の声を何度も聞いていると、どこか懐かしい気持ちが湧き上がってくる。

もしかして、俺は過去にテルシェさんと面識があるのか……？

再び答えの出ない思考のドツボに嵌まりそうになったところで、前を歩くテルシェさんが扉の前で立ち止まると、俺たちの方へと振り返る。

「こちらの部屋で商会長がお待ちです」

「テルシェ、案内ありがとう」

フウカはテルシェさんに礼を言うと、扉のドアノブに手を掛けて躊躇《ためら》いなく開く。

そのまま部屋の中に入っていくフウカを見ていると、背後から「ほら、俺らも入るぞ」とハルトさんに声を掛けられ、部屋の中に足を踏み入れた。

◇

その部屋は執務室となっていて、そこには片眼鏡《モノクル》を掛けた二十代後半の優しげな雰囲気の男性が腰かけていた。

そのモノクルのレンズもハルトさんやテルシェさんが掛けている眼鏡と同じように多くの魔力を内包したものとなっていた。

男性は俺たちの姿を見ると顔を綻ばせる。

「久しぶりだね、フウカ、ハルト、そしてオルン」

彼の挨拶にフウカとハルトさんがそれぞれ応じていた。

俺はというと、この人の発言を咀嚼《そしゃく》していたため、二人よりもワンテンポ遅れて声を発した。

「……………その言い方、やはり俺は過去に貴方と会ったことがあるんですね、クリストファー・ダウニング商会長」

モノクルの男性——クリストファーさんは俺の発言を聞いて軽く目を見開く。

しかし、すぐさま表情を柔らかいものに戻した。

「さすが、と言うべきかな。フウカやハルトが前もって言っていたわけではないのだろう？」

クリストファーさんが感心したように呟くと、視線をハルトさんへ移した。

「あぁ、具体的なことは何も言ってねぇよ。だけど、もしかしたら、俺たちが考えている以上にオルンは情報を持っているんじゃないか、と俺は思っている」

クリストファーさんは「なるほど」と相槌《あいづち》を打ってから、少し考えるようなそぶりをしている。

ようやく、俺は自分の本当の記憶と向き合うことになる。

ヒティア公国へ行くという名目を作り、それを王女の密命として隠した。

そのうえで、長距離転移というとんでもない方法を使った。

これはあくまで俺の推測だが、長距離転移を行ったのは、単にその方が早いからということよりも、俺がヒティア公国へ足を踏み入れるところを誰にも見られないようにするためなのではないだろうか？

フウカが以前言っていた通り、この邂逅《かいこう》は俺が思っている以上に大きなものなのだろう。

本当の過去を知った後も、俺は俺のままで居られるのだろうか？

これから自分の根底自体が覆される予感がしていて怖いが、ひとつひとつ記憶の齟齬《そご》を正していかなくてはならない。

これは、俺の望んだことなんだ。

怖くても逃げるわけにはいかない。

意を決して、俺は口を開く。

「念のための確認だが、フウカとハルトさんが俺に会わせたかった、俺の過去を知る人物はクリストファーさんということで良いんだよな？」

俺の問いにフウカが首を縦に振る。

「……そう。オルンをクリスと会わせること、それが私たちの目的」

「そうか。――では、クリストファーさん。教えてください。俺の過去を」

「勿論《もちろん》だ。だが、その前に自己紹介をさせて欲しい」

「自己紹介、ですか？　貴方がこの商会の長であることは知っていますが」

「あぁ。俺が君の過去を語るに足る人物かどうか、君自身も知っておきたいだろう？」

「それは、まぁ……」

俺にとっては、彼とは初対面のようなものだ。

素直に彼の言葉を信じられるのかと言われると、自信を持って頷くのは確かに難しいのも事実だ。

「だからこその自己紹介だ。まぁ、引っ張るようなものではないから、早々に俺の立ち位置を明かそう。――俺は魔導具師だった君の父親――レンス・エヴァンスの一番弟子だ。だから君が小さい頃にも何度か会ったことがあるんだよ」

「…………エヴァンス？」

頭の中に疑問符がいくつも浮かぶ。

確かに俺の認識している父さんの名前は『レンス』だ。

だが、俺の姓は『ドゥーラ』。

それに、エヴァンスと言ったら……。

「『ドゥーラ』は君の母方の姓だ。師匠《せんせい》――レンスさんは入り婿だったんだよ。そして、レンスさんは、伝説の魔導具師と評されているカヴァデール・エヴァンスの息子。つまり、君はカヴァデール・エヴァンスの孫ということになる」

「――――」

思考が一瞬止まる。

(じいちゃんが、俺の実の祖父……?)

確かにじいちゃんは俺のことを『孫』だと何度か言っていた。

だけど、それは比喩のようなものだと思っていた。

だってそうだろ。

もう肉親は一人もいないと思っていたんだ。

なのに、本当はずっと傍《そば》で見守ってくれていたなんて……。

「どうだろうか。少しは君の過去を語るに足る人物になったか?」

クリストファーさんが真っ直《ます》ぐに俺を見据えてくる。

「……元々、そんな資格のようなものは必要ありませんでしたよ。ですが、改めてお願いしようと思います。――俺の過去を教えてください」

「ありがとう」

「早速ですけど、俺はフィリー・カーペンターから【認識改変】を受けて記憶が改竄されている、これは間違いありませんか？」

俺の質問にクリストファーさんは首を縦に振った。

「あぁ、間違いない。フィリー・カーペンターと接触したと目される〝あの日〟を境に、君の言動は大きく変化したからな」

「それは、いつなんでしょうか？」

フィリーとの接触時期について問いかけると、クリストファーさんの顔に影が差す。

その表情は辛《つら》い記憶をのぞき込んでいるような、そんなものに見えた。

「忘れもしない、四聖暦《しせいれき》六一九年十月二十日だ」

重たい雰囲気を漂わせるクリストファーさんが口にした時期と、俺の記憶を照らし合わせる。

その照合はすぐにできた。

なぜなら、この時期は俺の人生における大きなターニングポイントの一つなのだから。

「…………俺が、探索者になった時期ということですか？」

「そうだ。あの時は我々の情報網がツトライルにまで伸びていなかったため、君がツトライルで探索者になっていることを俺が知ったのは随分と先になるがな」

「そんな……」

クリストファーさんの言葉を聞いて、俺は自分の足場が音を立てて崩れていくような感覚に陥る。

俺は、『理不尽なことが起こっても大切なものを護れるように』と誓い、自分の意思で探索者になったはずだ。

この誓いすら、フィリー・カーペンターに捏造《ねつぞう》されたものだとでもいうのか……？

「オルンは探索者になる前のことを、どう記憶しているんだ？」

俺の様子を見て、クリストファーさんは心配そうな目を向けながらも質問をしてくる。

「俺は、地図にも載っていないような寒村で生まれ育ったと記憶しています。その村が野盗に襲われ、身寄りが無くなった俺とオリヴァーはツトライルで探索者になりました」

「『地図にも載っていない寒村』か。それは、具体的にどこだ？　君は記憶力に優れているはずだ。一度見聞きしたことはほぼ記憶できているはず。それなら出身の村の具体的な位置についても答えられるだろ？」

「それ、は……」

記憶を必死に漁《あさ》るが、村の位置も名前も何も思い出せない。

それどころか、村の外観も、その村の仲間の顔もぼんやりとしていて、くっきりと思い出すことはできない。

探索者になってからであれば、行ったことのある場所や出会った人のことをはっきりと思い出せるのに。

そのことを俺は、今まで一、か、い、か、い、切気に留めていなかった。

息が苦しくなるほどの動悸《どうき》に襲われる。

手足が震え、呼吸が浅くなる。

頭から鈍く重い痛みが伝わってくる。

「〝あの日〟のことについては、我々も伝え聞いただけだが、オルン、君はその日のことについて、虚構と事実を混同して記憶している」

「どういう、意味、ですか？」

「君が生まれ育った場所、我々はそこを〝黎明《れいめい》の里〟と呼んでいたが、そこが敵に襲われたことは事実だ。そして、君の両親を含めた里の人間が、君とオリヴァーを除いて全滅したこともな」

「……う、ぐっ……！」

話を聞いているうちに頭痛は激しさを増していく。

これまでは、こうなったらそれ以上深く考えることを止めていた。

しかし、今は思考を止めない。

今は目を逸らすときではないから。

苦しくとも自分の過去と向き合うと決めているから。

――『こんな理不尽、俺は絶対に認めない！　覚えておけ！　俺はいつか必ず、お前らを叩き潰す！　必ずだ!!』

激しい頭痛に襲われながらも、激情とともに誰かにそう声を上げたことを思い出した。

この感情、俺の誓いは偽物ではない。

これらは本物だと、直感的に理解した。

クリストファーさんが言った『俺が虚構と事実を混同して記憶している』というのは間違いないのだろう。

しかし、俺にとってより強い感情が籠もっている記憶は、フィリーにも改変することはできなかったと考えるべきか。

『――話をしているところ失礼するよ』

頭痛と戦いながら自分の記憶と向き合っていると、頭の中に聞き覚えのある声が響いた。

加えて、声の主の姿かたちは見えないものの、圧倒的な存在感とともに異質な魔力を感じ取った。

「この声、ティターニアか……？」

『正解。先日ぶりだね、オルン・ドゥーラ』

俺がティターニアと話をしたのは昨年の七月ごろだ。

既に結構な時間が経っているが、時間の感覚の違う妖精のティターニアにとっては先日の出来事なんだな。

そんなことを頭の片隅で考えながらも、この場に現れたことに対する疑問が一番大きい。

「……なんで、お前がこんなところに現れるんだ？」

『ダウニング商会とちょっとした取引をしていてね。――と、無駄話をしている場合ではないか。全員、ウチの声は聞こえているな？』

ティターニアの問いに、俺を除くフウカ、ハルトさん、クリストファーさん、テルシェさんの全員が頷く。

人間は通常、魔力を知覚できない。

そのため意思を持った魔力である妖精も、当然ながら知覚することができない。

妖精を知覚するためには、【精霊支配】という異能か、精霊の瞳が必要だ。

それなのにこの場の全員がティターニアを知覚している。

（そうか、それで眼鏡か）

あのレンズに魔力が籠もっているように感じたのは当然と言えば当然だった。

精霊の瞳を加工したレンズだったということだろう。

だが、俺とフウカは眼鏡をしていない。

それなのに、何故妖精を知覚できているんだ……？

そのことに疑問を持つが、そんなものはティターニアの次の一言で吹き飛んだ。

『ツトライルが《シクラメン教団》の襲撃を受けている。既に街は壊滅状態だ。現在進行形で死傷者が増え続けている』

ティターニアの発言に、部屋の中の空気が一気に重たくなる。

俺自身、自分の耳を疑った。

頭が真っ白になる。

ツトライルは俺の居場所だ。

たとえ記憶を書き換えられた末にたどり着いた場所だとしても、人生の半分を過ごした場所であることには変わりないし、大切な仲間や友人、知り合いが多く暮らしている。

そんな場所が《シクラメン教団》の襲撃を受けている……？

（早くツトライルに戻らないと！　でも、どうやって……？）

俺が逡巡《しゅんじゅん》していると、フウカが一歩前に出た。

「クリス、すぐにツトライルに戻る。転移魔術の起動キーをちょうだい」

「わかった」

フウカの言葉に、クリストファーさんは一も二もなく応じると、ダウニング商会に入店した際にフウカが店員に見せたのと同じカードのようなものを取り出す。

そのカードにフウカが自身のカードを触れ合わせた。

「ツトライルに転移できるのか？」

俺の問いかけにフウカはコクリと頷いた。

俺たちはツァハリーブ王国からここまで一瞬で移動してきた。

だから、そこに転移で戻ることが出来るのはおかしくないが、それ以外の場所、それもツトライルに転移することが出来るなんて……。

もしかして、去年取り潰しになったフロックハート商会を、ダウニング商会が吸収した理由って……。

「だったら、今すぐにツトライルに戻ろう！　クリストファーさん、この話の続きはまたの機会とさせてください」

「勿論だ。早くツトライルに戻った方が良い」

クリストファーさんとの会話を中断して部屋を出ようとしたところで、テルシェさんが口を開く。

「オルン様、私も同行させてくださいませ」

「テルシェの実力は俺が保証する。テルシェの実力は俺と同等かそれ以上と考えてくれていい」

彼女の申し出をハルトさんが後押しする。

今は時間が無いし、戦力は多いに越したことはない。

「わかりました。テルシェさん、力を貸してください！」

「ありがとう存じます」

ツトライルに向かうメンバーが決まったところで、クリストファーさんと簡単に別れの挨拶を終わらせ、転移魔術の魔法陣がある部屋へと急いだ。

◇　◇　◇

オルンたちが部屋から出ていき静かになった部屋で、クリストファーは顔の前で手を組みながら沈痛な面持ちとなっていた。

「……状況は、どうなんだ？」

クリストファーが表情と同じく、暗く沈んだ声を漏らす。

『良くも悪くも、順調だね』

「…………そうか。これが予定調和だったとしても、今も昔も俺たちは変わらないな……。まさしく世間の評価通り犯罪組織だ。ここまでの人死にを勘定に入れているのだから」

『別にお前たちが殺しているわけではない。殺しているのは教団のクズどもじゃないか』

「だとしても、我々はこれを許容したんだ。亡くなった人、これから亡くなる者にとって、それは度し難いことだろう。その人たちは我々が殺したも同然のことなんだよ」

『…………』

「でも俺は、この敗北が意味のあるものだと信じている。結果的にオルンの怒りを買おうとも、それは甘んじて受け入れるさ」

断章　ツトライル事変

◇　◇　◇

「ソフィー、おっはよ〜！」

《黄昏《たそがれ》の月虹《げっこう》》やセルマがツトライルへと帰ってきてから数日が経過したある日、キャロラインが寮のエントランスで読書をしていたソフィアへ声を掛ける。

「おはよう、キャロル。って、もうお昼みたいなものだけどね」

ソフィアはキャロラインに挨拶を返しながら苦笑していた。

既に時刻はそろそろ十一時を回ろうとしているところだった。

「あははっ、確かに。んー、でも今日初めて会ったわけだし、あたし的にはやっぱ『おはよう』がしっくりくるね！」

「それもそうかも」

「あ、じゃあさ、ルゥ姉が『おはよう』と『こんにちは』のどっちを言うか予想してみない？」

連日大迷宮の攻略に勤《いそ》しんでいる《黄昏の月虹》は、本日を休息日としていて、ソフィアたちは三人で街に繰り出す約束をしていた。

「え。まぁ、いいけど。私はやっぱり『こんにちは』かな」

「あたしは『おはよう』って言うと思う！」

それからもソフィアとキャロラインが二言三言気軽な話をしていると、ルーナがやってきた。

「おはようございます、二人とも。遅くなってしまってごめんなさい」

「おはよ～、ルゥ姉！　やっぱ『おはよう』だよね～！」

「おはよう、ルゥ姉。……この時間でも『おはよう』が主流なんだ」

「……？」

挨拶を交わした後の二人の発言にルーナが首をかしげる。

「あたしたち、ルゥ姉が『おはよう』と『こんにちは』どっちを言うのか予想してたんだ。それで、あたしが『おはよう』でソフィーが『こんにちは』だったんだよ」

「なるほど、そういうことですか。確かにこの時間はどちらもあり得ますものね」

「うんうん！　それじゃ、全員揃《そろ》ったし、外に行こ！　今日は食べ歩くぞ～！」

「あ、その、お待たせしてしまったうえに申し訳ないですが……」

キャロラインが出入口へと向いて歩き始めようとしたところで、ルーナが申し訳なさそうな表情で引き留める。

「別件の急用ができまして、ごめんなさい。ここに来たのは、せめて直接謝ろうと思ったためです」

「あ、そうだったんだ。うん、あたしは大丈夫だよ！　気にせずそっちを優先して！」

「急用なら仕方ないよ。私たちに手伝えることとかあったら、手伝うけど？」

「ありがとうございます。用件は私一人で事足りるものですので、お二人は休日を楽しんでください」

「わかった！　また今度一緒に遊ぼうね！」

「はい。この埋め合わせは必ず」

特段気にしていない様子の二人を見て、ルーナはそっと胸をなでおろした。

それから、急ぐように寮から出て行く。

「今日は二人でデートだね！」

ルーナを見送ったところで、キャロラインがソフィアに話しかける。

「あはは、女の子二人でもデートって言うのかな？」

「こーゆーのは気分だよ、気分！」

ソフィアとキャロラインは楽し気な会話をしながら、街へと繰り出した。

◇　◇　◇

―ツトライル街外北西部：第一迷宮近郊―

『セルマ、第三迷宮の確認が終わったわ。氾濫の兆候は見えなかったわよ』

セルマがレインと一緒に迷宮に氾濫の兆候が無いか確認していると、別の迷宮を確認していた《赤銅《しゃくどう》の晩霞《ばんか》》のカティーナより念話が入ってくる。

先日、ツトライルへと帰還したセルマは、他の第一部隊のメンバーやツトライルに残った《赤銅の晩霞》の探索者であるカティーナ、ヒューイとともに、ツトライル近辺の迷宮を調査していた。

今年の初め、王女ルシラはツトライルのSランクパーティである《夜天《やてん》の銀兎《ぎんと》》と《赤銅の晩霞》に二つのことを依頼した。

その内容は、王国内の指定の迷宮を攻略すること、そしてツトライルの防衛。

迷宮の攻略はオルンとフウカ、ハルトの三人が行うことになり、防衛については残りのメンバーで手分けをしながら行うことになっている。

そして防衛の一環として、彼らはツトライルの周囲に存在する五つの迷宮で氾濫の兆候が無いかどうかを定期的に確認していた。

戦争相手である帝国は、氾濫を人為的に起こすことができる技術を確立していると思われる。

王国の中でも王都に次ぐ重要拠点であるツトライルに対して帝国が工作をするとしたら、周囲の迷宮を氾濫させることが充分考えられるためだ。

『了解した。報告ありがとう』

カティーナからの報告を受けたセルマが応答する。

『ま、これも仕事だからね。それにしてもセルマの異能は本当に便利ね。こんなに距離が離れているのに、リアルタイムで情報の交換ができるんだもの』

報告を終えたカティーナが会話の一環として、セルマの異能の有用性について触れる。

『他のクランの探索者にそこまで褒められるとくすぐったいな』

カティーナの言葉にセルマが照れながら微笑《ほほえ》んでいると、

『ふっふっふ～。セルマさんが凄《すご》いのは当たり前だよ！　なんせ、ボクたちのリーダーであり心臓だからね！』

セルマともカティーナとも別の迷宮の確認をしているルクレーシャが、誇らしげにそんなことを言いながら話に入ってきた。

『ルクレ、そんなに持ち上げないでくれ。私は自分一人だと何もできないことを、一番よくわかっているんだから』

『うーん、セルマさんって自己評価低いよね～。もっと自信持って良いとボクは思うけどな。カティーナさんもそう思わない？』

『ええ、そうね。セルマが帰ってきてから、迷宮確認の効率は断然上がったし、一緒に活動して《大陸最高の付与術士》と呼ばれている理由がよくわかったわ』

『あ、ありがとう……。そ、そんなことより！　ルクレ、念話に入ってきたということは、そっちの迷宮も確認が終わったのか？』

ルクレーシャとカティーナに手放しに褒められている状況に、いたたまれなくなったセルマが無理やり話題を変える。

『あ、逃げた。もっと恥ずかしがってるセルマさんが見たかったけど、しょうがないか。――うん、ボクとウィルの担当だった第五迷宮の確認は終わったよ！　こっちも異常無し！』

『そうか。なら、ルクレとウィルは先に上がってくれ。お疲れ様。カティーナとヒューイは予定通りこのまま第四迷宮の確認を頼む。私たちもこれから第二迷宮に向かう』

『了解したわ。第四迷宮の確認が終わったタイミングにでも、また念話を入れるわね。――セルマ、気を付けてね』

『あぁ、そっちもな』

念話を終えたセルマが「ふぅ」と一息ついていると、彼女の隣にいたレインがセルマを微笑まし気に見ていた。

「な、なんだ、レイン」

「顔を赤くして恥ずかしがっているセルマが可愛《かわい》いなぁと思って」

「レインまで……。もうからかわないでくれ」

「ふふっ。ごめんごめん。セルマの理想は高いからね。それと比べて自分を卑下しているのかもしれないけど、今の貴女《あなた》も充分にすごい存在だし、私たちにとってかけがえのない仲間だってことは忘れないでね」

セルマたちの念話を聞いていたレインが自分の考えを述べる。

「……あぁ。ありがとう、レイン」

「どういたしまして。それじゃあ、第二迷宮に向かいましょ」

◇

セルマが第二迷宮に向かって歩き出してから暫《しばら》く経《た》った頃、

『セルマ君……。この声が、届いていると、信じて、話す……。どうか、ツトライルを、護《まも》ってくれ……』

突然彼女の脳裏に聞き覚えのある男性の声が響いた。

その声音は、生死の境目をさ迷っているかのように弱々しいものだった。

『この声、ギルド長ですか⁉』

その念話は探索ギルドの長であるリーオンからのものであった。

【精神感応】という異能は、セルマが任意の相手とパスを繋《つな》ぐことで声を発することなく距離の離れた相手とも話ができるというもの。

しかし、今のセルマはリーオンと念話のためのパスを繋いでいなかった。

その状況で彼からの念話が来たことや、彼の弱々しい声音に、セルマは戸惑いが隠せない。

即座にリーオンとパスを繋いで彼に声を飛ばすが、それに応答はなく、その直後、パスが切れた。

パスの切断についても【精神感応】の異能を持つセルマのみが可能で、この異能を持たない人間は自主的にパスを切ることができない。

ただ、セルマは過去に一度だけ、自分の意思に反してパスを切られたことがある。

それは、約二年前の黒竜戦。――すなわち、オルンの前任者であり、当時の《夜天の銀兎》のエースであったアルバートの死亡時だ。

「…………」

突然の出来事に混乱しそうになっている自分を何とか落ち着かせようとするが、状況は落ち着くことを許さなかった。

「――っ！　セルマ！　第二迷宮から魔獣が出てきている！」

「なにっ⁉」

レインの叫びに彼女の意識は目の前の出来事へと向く。

しかし、状況はなおも悪い方向へと傾く。

セルマたちの背後にあるツトライルで、大きなものが崩れ落ちるような音とともに土煙が上がった。

セルマは突如訪れた怒濤《どとう》の出来事に冷や汗を流しながらも、深呼吸をして心を落ち着かせる。

「まずは目の前のことから手を付けないと……。──レイン！　魔獣の殲滅《せんめつ》を任せてもいいか⁉」

セルマの声掛けにレインは力強く頷《うなず》く。

「当然！　魔獣の相手は私に任せて、セルマは情報収集に注力して！」

「ありがとう。すぐに加勢するから。少しだけ任せる！　──【魔法力上昇《マジックアップ》】！」

セルマはレインと思考を共有してから、彼女へバフを掛け、魔獣の相手を一任する。

「地上を荒らすことは許さないよ！　──【水矢の雨《アローレイン》】！」

バフを受けたレインは、攻撃魔術による魔獣の殲滅を始める。

「流石《さすが》の殲滅力だな。これで情報収集に集中できる……！」

レインの魔術があっという間に魔獣たちを黒い霧へと変えていく光景を見て、セルマが感心するような声を漏らす。

その後、すぐに思考を切り替えてから異能を行使した。

『《夜天の銀兎》のセルマだ！　誰か、ツトライルの状況を教えてくれ！』

探索者ギルドの建物がある場所に居るギルド職員全員にパスを繋いで状況確認を行う。

ツトライルには現在、大きく分けて三つの戦力が集結している。

一つ目はこの地の領主であるフォーガス侯爵の私兵である領邦軍。

二つ目が迷宮探索を生業としている探索者たち。

そして、三つ目が王室よりツトライルの防衛のために派遣された中央軍。

これらの組織は当然ながら指揮系統が別々だ。

しかし、帝国による強襲の可能性を考慮していたフォーガス侯爵は、このような非常事態となった場合、指揮系統を探索者ギルドに集約することとしていた。

そのためセルマは、リーオンとのパスが切れていて望み薄だとわかっていても、真っ先に探索者ギルドの職員らへと念話を飛ばした。


――『いやだ……、死にたく、な――』

――『来るな！　バケモ――』


だが、誰一人として念話には反応せず、セルマの頭の中には阿鼻叫喚《あびきょうかん》の声が響き渡る。

そしてその声が、一つまた一つと消えていく。

耳を塞ぎたくなるような声たちにセルマは「くそっ！」と吐き捨てながら、続いてツトライルの全住民へとパスを繋ぐ。

『《夜天の銀兎》のセルマだ！　非常事態宣言を発令する！　探索者ギルドが敵の襲撃によって崩壊した可能性が高い！　また、第二迷宮から魔獣の氾濫も確認している！』


――『一体何が起こっているのよ⁉』

――『探索者ギルドの建物があんなバラバラに……』

――『何とかしてよ！　Ｓランク探索者なんでしょ！』


セルマの脳内が再び阿鼻叫喚に包まれる。

その中にはセルマに助けを求める声も少なくない数あった。

ほとんどのパスは繋がっている。

しかし、一部のパスが途切れ始める。

それは時間を追うごとに増えていく。

セルマは動揺が声に乗らないように歯を食いしばりながら声を飛ばす。

『みんな落ち着いてくれ！　パニックになってしまっては、助かる命も助からなくなる！』


――『………』

――『そうだ……、こういう時こそ落ち着かなきゃ……』


未《いま》だパニックになっている者が多いものの、セルマの一喝によって一部の人たちは落ち着きを取り戻した。

『非戦闘員である住民はシェルターへの避難を！　領邦軍は避難する住民の先導、中央軍はギルドの現状確認、探索者たちは以前ギルドより通達のあった通りそれぞれ指定の迷宮へと向かってくれ！』

◇　◇　◇

――ツトライル：探索者ギルド――


時間は少し遡って――。

「あーあ。結局今年の感謝祭は中止かぁ……」

探索者ギルドにて、女性職員のリズがぼやきながら書類整理をしていた。

「まだ落ち込んでたの？　帝国との戦争中にお祭りなんてするわけにもいかないんだから、仕方ないでしょ？」

そんなぼやきを隣で聞いていた同じく職員のエレオノーラが呆《あき》れたような声を漏らす。

ツトライルでは、毎年五月下旬から六月初旬にかけて感謝祭が催されていた。

感謝祭とは、ツトライル全体を挙げて行う祭りであり、その期間中は大迷宮への入場が禁止されている。

その理由は、多種多様な素材を入手できる大迷宮の存在がノヒタント王国の経済発展を下支えしているといっても過言ではないため、その大迷宮に感謝する期間であるからだ。

とはいえ、それはあくまで表向きの理由に過ぎない。

実際は、入場禁止としている十日間で大迷宮内のバランスを整えることとなっている。

今後も継続的に安定して素材が手に入れられるようにと。

しかしエレオノーラの言った通り、王国は帝国と戦争状態に入っている。

それに伴い、魔導具の素材やその動力となる魔石は平時よりも多く必要となる。

国が探索者に迷宮探索を推進している現状では、大迷宮への入場を禁止することは現実的ではないとして、今年の感謝祭は中止となっていた。

「仕方ないでしょ。今年も武術大会でオルン君の雄姿を見たかったんだもん！」

「リズは相変わらずオルン君のファンなのね」

「当たり前じゃない！　Sランク探索者なのに物腰柔らかで、何より顔が私好み！」

「結局顔なのね……」

力説しているリズを見て、エレオノーラは力の抜けたような声で呟《つぶや》く。

「そこは重要でしょ！　《黄金《おうごん》の曙光《しょこう》》の担当だったエレオノーラ《エリー》は、ほぼ毎日のようにオルン君とおしゃべりできて羨ましかったわぁ」

「だったら少しは手伝ってくれたら良かったのに。《黄金の曙光》が勇者パーティになる少し前あたりから、私がすごく忙しくなったの知ってたでしょ？」

「オルン君とのおしゃべりなら喜んで引き受けたけど、それ以外は無理ね。手伝ってたらストレスでどうにかなっちゃいそうだもん。特にアネリ！　あの生意気な態度で接してこられたら張り倒したくなっていたわね」

「張り倒すって……。アネリはアネリで可愛かったじゃない。子犬が虚勢を張って吠《ほ》えているような、あの感じ。頑張って自分を大きく見せようとしているんだな〜って思えて、微笑ましかったわよ？」

「え、エリーって結構良《い》い性格してるよね……。って、そういえば、去年の事件からオルン君とルーナちゃんの話は聞こえてくるけど、オリヴァーとデリックとアネリの話は全く聞かなくなったわね。あの子たちって、今何してるんだろ。担当だったエリーなら何か知ってるんじゃない？」

「…………さぁ、どうかしらね」

「うわっ、何その意味深な間は！　絶対何か知って――」

エレオノーラの反応に、何か情報を持っていると考えたリズが彼女を問い詰めようとしたタイミングで、出入口付近から突然衝撃音が聞こえてきた。

建物内に居た人間全員が衝撃音のした方を向く。

「全く、普通に扉を開けることはできないのですか？」

「あ？　何でテメェの指示に従ってやってんのに、文句を言われなきゃなんねェんだよ」

ひしゃげた扉が倒れ、遮るものが無くなった出入口から二人の人間が建物の中に入ってきた。

一人は貴族然とした雰囲気を醸し出している男――《羅刹《らせつ》》スティーグ・ストレム。

もう片方は不機嫌さを隠すつもりも無さそうな粗野な男――《戦鬼》ディモン・オーグル。

その組み合わせは、傍《はた》から見れば貴族とその用心棒の組み合わせだった。

「お騒がせしてしまい申し訳ありません。私たちはギルド長であるリーオン・コンティに用があるのですが、どなたか呼んできてもらえませんか？」

スティーグが相変わらずの邪気のなさそうな笑みを浮かべていた。

「か、畏《かしこ》まりました！　すぐにギルド長を呼んできますので、少々お待ちください！」

スティーグを貴族の人間と勘違いしたギルド職員の男性が、駆け足でギルド長《リーオン》の元へと向かう。

「おい、兄ちゃん。何に気を立てているのかは知らないが、モノに当たるのは良くないぜ。ここは探索者ギルドの建物だ。ギルドを敵に回すような行為はするべきじゃない。ギルド長が来たら謝っておきな」

ギルド内に居た探索者の男がディモンの肩に手を置きながら、建物の扉を蹴り破ったことについて、優しい口調で宥《なだ》めるように注意する。

「…………」

ディモンが気だるげな表情で、男の方へ視線を向ける。

「それと、背負ってるその大剣、収納魔導具に入れておいた方が良いぞ。抜き身のままだと危ないだろ？」

態度はともかく話を聞いてくれると判断した男が、更に注意を重ねる。

「……テメェは一体何様だ？」

ディモンが青筋を立てながらドスの利いた声を発する。

「な、何様って、俺はただ、注意を――」

男が最後まで言い切る前に、ディモンの腕がブレる。

いつの間にかディモンの片手には背負っていたはずの大剣が握られていた。

そして、上半身と下半身に両断された男の死体が彼の足元に転がっていた。

ディモンが空いた手のひらを死体へと向ける。

すると、その死体から赤黒い煙のようなものが立ち上り始めた。

それがディモンの手のひらに集まり、飴玉《あめだま》のような小さな塊になった。

ディモンはその赤黒い小さな塊を口の中に放り込むと、ゴクリと音を鳴らしながら丸呑《まるの》みにする。

その頃には、建物内に居た人たちも理解が追い付いたのか、そこかしこから悲鳴が上がり始めていた。

悲鳴を聞いたディモンが獰猛《どうもう》な笑みを浮かべる。

「ハハハ！　良い悲鳴を上げてくれるじゃねェか！　あー、もう我慢できねェ。おい《羅刹》、もう全員殺してもいいよなァ！」

ディモンの言葉に返答するためにスティーグが口を開こうとしたところで、

「――待ちなさい」

別方向から男の張り上げた声が響く。

そこには探索者ギルドの長――リーオン・コンティがスティーグとディモンへ怒りの籠もった視線を向けていた。

「《戦鬼》殿、貴方《あなた》の気持ちはわかりましたが、もう少しだけ我慢してください。――ギルド長、遅かったですね。そのせいで人が一人死にましたよ？」

リーオンの姿を確認したスティーグはディモンを諫止《かんし》してから、罪悪感の欠片《かけら》も無さそうなあっけらかんとした声をリーオンに向ける。

「……理不尽この上ないが、確かに彼の死は到着が遅かった私の責任だ。しかし、私はこうしてこの場にやってきた。これ以上、人を殺すことは許さない」

スティーグの発言に、リーオンは肩を震わせこめかみに青筋を立てるが、声を荒らげることなく言葉を発する。

「それはギルド長次第ですね。貴方の返答次第ではこの街を滅ぼす必要がありますので」

「…………」

「私の質問に答えてくれれば良いだけですので、そんな怖い顔をしないでくださいよ」

なおも神経を逆なでるように、スティーグは邪気の無い笑みを浮かべながらリーオンに言葉を向ける。

「……だったらさっさと質問しなさい。そして、すぐにこの街から出ていきなさい」

「何故《なぜ》そこまで怒っているんでしょうか？　駒が一つ壊れた程度、貴方にとって大したことではないでしょうに」

「〝ひとでなし〟であるお前の基準で私を語るな。とっとと質問をしろと言っているだろう」

「せっかちですね。では、質問させていただきますね。――何故、道を閉ざしたのですか？　おかげで私たちはここまで徒歩で来る羽目になりました。ギルド長ごときが教団幹部の時間を無駄に使わせたのですよ？　これは明確な反逆ですよね？」

恐怖に身体《からだ》を震わせながらスティーグの〝質問〟を聞いていたエレオノーラには、彼が何を言っているのか理解できなかった。

しかし、質問を受けたリーオンには意味が通じているのか、

「それはキミの勘違いじゃないのか？　私は道を閉ざしていない。何なら見せても構わないよ」

気負った様子もなく淡々と答える。

その回答を聞いたスティーグは笑みを深める。

「そうですか。では、死んでください」

スティーグが脈絡なくそう告げると、パンッと破裂音が建物内に響いた。

エレオノーラが何の音かと疑問に思っていると、リーオンが自身の胸を押さえながらふらつき始

める。

彼の胸元からは大量の血が流れ出ていた。

「ギルド長⁉」

誰かが声を上げる。

「全員、ここから、逃げな、さい」

リーオンはかすれた声を必死に出しながら、手首に付けている、カヴァデールより受け取った魔導具を起動する。

そして、セルマへ念話を飛ばした。

『セルマ君……。この声が、届いていると、信じて、話す……。どうか、ツトライルを、護ってくれ……』

それを最後に、リーオンは力尽き、その場に倒れた。

その光景を無感情に見ていたスティーグが口を開く。

「《戦鬼》殿、お待たせしました。迷宮の氾濫も無事起こりましたし、こちらも始めましょうか」

スティーグが無造作に腕を振る。

すると、彼の周囲に無数の細い光の線が走った。

光が走った場所は、そこに人間が居ようが建物があろうが、全てを両断していく。

「ようやくかァ！　待ちわびたぜ！」

細切れになって倒壊を始めた場所の中心で、ディモンが迸《ほとばし》るほどの殺気を周囲にまき散らしながら、大剣を手にスティーグの光の線から逃れた人たちを殺し始める。

探索者たちの一部が抵抗するも、それは大した意味を成していない。

その場の人間が次々と死体に変わっていく。

ディモンによる殺戮《さつりく》を傍目《はため》に、スティーグはゆっくりと歩き始める。

現在進行形で建物だったものが瓦礫《がれき》となって降り注いでいるというのに、スティーグの頭上には小さな欠片一つ落ちることなく、彼の歩みを阻むことも無かった。

そんな彼の後ろ姿が、エレオノーラの見た最期の光景だった――。


スティーグは元々ギルド長室があった場所へと辿《たど》り着《つ》くと、そこでカードのような魔導具を起動した。

その魔導具に反応したように彼の目の前にあった床が消え、地下へと続く階段が現れる。

スティーグはそのまま階段を降りる。

下まで降りきると、そこは縦横高さ全てが五メートル程度の立方体にくり貫《ぬ》かれているかのような空間となっていた。

そこでもスティーグはカードのような魔導具を起動した。

すると、何もなかった床に魔法陣が浮かび上がる。

「ふむ……。確かに現時点では道は閉ざされていませんね。先日は間違いなく閉ざされていたというのに。抹消したのではなく、改竄《かいざん》していたということでしょうか？」

その魔法陣を目にしたスティーグが顎に手を当てながら呟く。

「しかし改竄するには術理を理解している必要があるはずです。只人《ただびと》でしかないリーオンには不可能なはず。では、《剣姫《けんき》》殿？　いえ、彼女でしたら緻密な作業を要求される術式の改竄なんかせず、抹消を選択する方が自然でしょう。だとすると、いったい誰が……？」

魔法陣を眺めながらスティーグは続ける。

「ふふふっ。なかなか面白い置き土産を遺《のこ》してくれましたね、リーオン・コンティ」

スティーグが普段の笑みとは違う楽しげな表情で笑う。

それから一旦思考を止め、魔法陣を起動させた。

魔法陣の光がひときわ強まると、次の瞬間、彼の目の前に赤衣を身に纏《まと》った集団が現れる。

赤衣の集団がスティーグに跪《ひざまず》く。

それから先頭に居た男が口を開いた。

「《羅刹》様、何なりとご指示を」

「一つやってもらいたいことが増えました。この場に二人残り、それ以外のものは、予定通り、住民の虐殺と《夜天の銀兎》の団員の生け捕りを」

「「はっ!!」」

スティーグの指示を聞いた赤衣の集団のほとんどは立ち上がると、即座に階段を駆け上り、地上へと出ていく。

「《羅刹》様、我々へのご命令は？」

未だ跪いたまま待機していた赤衣がスティーグに問いかける。

「リーオン・コンティに問い質《ただ》さなければならないことができました。瓦礫の中から彼の死体を回収してください。回収後は、その死体を《死霊》殿の元へ運んでください」

「御意の通りに」

別件を任された二人の赤衣も階段を上がり行動を開始する。

「さて、私も暇つぶしに《夜天の銀兎》の探索者を殺して回りますか。死体も多少は用意していた方が喜んでくれるでしょう。――ふふふっ。約束通り舞台を整えてあげましたので、早く来てください。遅ければ遅いだけ、死体の山が積み上がってしまいますよ、オルン・ドゥーラ」

《シクラメン教団》の幹部、《羅刹》と《戦鬼》によるツトライルの虐殺は、こうして始まりを告げた――。

◇　◇　◇

――ツトライル街外北東部：第四迷宮近郊――

「はぁ……はぁ……。この数はマジでキツイな……。街の中は大丈夫なのかよ……」

　前線から離れて一息ついていたバナードが、振り返って外壁の内側から上がっている多くの煙を視界に入れながら呟く。

「……楽観視できる状況ではないな。これは十中八九帝国による攻撃だ。最悪のケースも考えないといけないぞ……」

「最悪のケースってなんだよ、アンセム！」

　悲痛な表情をしているアンセムをバナードが問い詰める。

「……敵はツトライルで一番組織力のあるギルドを真っ先に潰したんだ。だったら次に考えられるのは、フォーガス侯爵を含めた貴族たちにダメージを与えるか、ギルドに次いで組織力を持っているウチを攻撃するかの、どちらかの可能性が高い」

「……っ」

　バナードも薄々勘付いていたため、アンセムの言葉に反論することができないでいた。

　ツトライルの探索者の大半は街へと侵攻してきている魔獣の相手に駆り出されている。

　残った一部の探索者も、領邦軍と一緒に非戦闘員である住人の避難誘導に当たっている状況だ。

「今は魔獣を街に入れないためにも、俺たちがここを離れることはできない。ウチの団員たちが無事に避難できていることを祈るしかないんだよ」

それからも絶え間なく続く魔獣の侵攻をアンセムたちは協力しながら防いでいた。

そんな時、上空を覆うように巨大な魔法陣が現れた。

そして、そこから巨大な何かが地面に落ちる。

「巨大な魔獣っ⁉」

これまでは魔獣が多くても、一体一体が弱かったから何とか侵攻を防げていた。

その戦場に、下層のフロアボスに匹敵する雰囲気を纏っている巨大な魔獣が現れる。

空から落ちてきたのは、一つ目の巨人であるサイクロプスだった。

突然の乱入者に戸惑いを見せる探索者たち。

そんな彼らが落ち着くまで待つわけもなく、サイクロプスは即座に行動を起こす。

サイクロプスの目元に赤黒く高密度な魔力の球が現れると、それを探索者たちへと撃ち放つ。

「……あ――」

探索者たちを壊滅させるには充分な威力の魔力弾を前に、自らの死を感じる探索者もいた。

突如変化した戦場の変化に即座に対応したのは、《赤銅の晩霞》の二人だった。

「――防壁魔導具、起動っ‼」

サイクロプスの攻撃に対して、カティーナとヒューイがダウニング商会より渡されていた魔導具を起動させる。

最前線にいる探索者たちの前に、魔力の防壁が現れた。

防壁と魔力弾が真正面からぶつかると、巨大な爆発音と強い衝撃波が周囲に広がる。

魔力弾を防いだことを確認したカティーナが即座に探索者たちをざっと見回す。

「死傷者は……、いないわね。良かった……」

探索者たちに死傷者がいないことを確認したところで安堵《あんど》の声を漏らす。

しかし、未《いま》だに気は抜けない。

肉体的に無事でも、突然の巨大な魔獣の襲来と自分の死を予感させるほどの攻撃を前に、探索者たちの精神的なダメージは計り知れない。

「……ヒューイ、防壁魔導具はあと何回使えそう？」

カティーナが隣に居るヒューイに問いかける。

「想定以上に耐久力が削られている……、多分、あと二回が限界」

ヒューイの返答にカティーナは顔を顰《しか》めた。

それから拡声魔導具を口元に持ってきて声を上げる。

「サイクロプスの討伐を最優先とする！　上級探索者でサイクロプスの対処に当たって！　ヤツのさっきの攻撃は、あと二回防げる、から……」

グループ全体に指示を飛ばしていたカティーナの声が、徐々に弱々しくなっていった。

それは、サイクロプスの目元に再び赤黒く高密度な魔力の球が生じたから。

（フウカから、教団の連中と一緒に、改造された魔獣がツトライルを襲ってくるとは聞かされてた

けど、改造された魔獣ってここまでとんでもないの⁉）

元々サイクロプスは高い耐久力で探索者たちの攻撃を意に介さず、接近戦を仕掛けてくるような魔獣だ。

さきほどのような魔力弾を放つような攻撃手段は無い。

本来無い機能を教団による改造で取り入れた存在であるとカティーナは考えていた。

そのため、高威力の魔力弾を放つのには相応のインターバルがあるだろうと判断し、再度魔力弾が放たれる前に討伐するべく作戦を考えていたが、それは無情にも打ち砕かれた。

（だけど、魔力弾がインターバル無しの無制限ってことはないはず。いつかは限界がやってくる。でも、それはいつ？　もしも、あと三回連続で放てるだけの余力があるとしたら……）

ネガティブな思考を振り払うようにカティーナは数度頭を振る。

それから、再び防壁魔導具を使用するようヒューイに指示するべく口を開いた。

「ヒューイ、もう一度防壁魔導具で――」

「――ここでそれを無駄遣いすんな！　ここは俺らに任せろっ！」

カティーナの指示に被《かぶ》せるように、後方からやってきた男が声を上げる。

「誰っ⁉」

カティーナが驚いた表情で振り返ると、彼女の横を二つの影が通り過ぎる。

それは、鎧《よろい》を身に纏っている褐色肌の大男と、とんがり帽子をかぶった少女だった。

二人組が、そのまま混乱しながらも魔獣の侵攻を防いでいたディフェンダーたちのいる最前線まで駆け上がる。

「何で、あの二人が……？」

カティーナと同様に、ヒューイが驚いた表情で呟く。

――彼らは、昨年までツトライルで一番有名だった探索者たち。

「オルンの【瞬間的能力超上昇《インパクト》】は無いんだから、気合入れなさいよ、デリック！」

「んなこと、言われなくたってわかってるっての！　テメェこそ、【瞬間的能力超上昇《インパクト》】無しでアイツを殺せるのかよ、アネリ」

「当然でしょ。……もう、あんな無様は晒《さら》さないわ！」

元勇者パーティ――《黄金の曙光》に所属していたディフェンダーのデリックと、後衛アタッカーのアネリが軽口を叩《たた》き合っている。

そのまま二人は最前線のディフェンダーたちを追い越した。

二人の前には魔獣だけとなる。

そのタイミングで、サイクロプスから赤黒い巨大な魔力弾が放たれた。

他の探索者たちが死を覚悟するほどの魔力弾。

それを前に、デリックは不敵な笑みを浮かべながら大盾を構える。

大盾と魔力弾がぶつかり、再び周囲に巨大な爆発音と強い衝撃波が広がる。

「――ハッ！　ぬる過ぎだろ！」

魔力弾を真正面から受けたデリックは全く意に介した様子もなく、ピンピンとしていた。

そんなデリックの陰で魔力弾をやり過ごしたアネリが、杖《つえ》をサイクロプスに向ける。

「的が大きくて助かるわ。死になさい、デカブツ！」

直後、巨大な身体が見えなくなるほど大量の魔法陣がサイクロプスを覆う。

昨年、醜態を晒していたアネリとデリックだが、曲がりなりにも人類で初めてに南の大迷宮九十四層に足を踏み入れた者たちだ。

フィリーの【認識改変】の呪縛からは、すでに二人とも逃れている。

アネリは、精霊を自在に扱えるルーナを差し置いて、《黄金の曙光》の後衛アタッカーを務めていた。

それは当然、アネリがルーナよりも後衛アタッカーとしての適性が上だったからに他ならない。

アネリの最大の強みは、並列構築できる術式の数だ。

その数は、規格外といって差し支えない。

並列構築という一点に限って言えば、オルンすらも凌駕《りょうが》するほどなのだから。

「――【六系統の多連槍《エレメントジャベリン》】」

アネリの発声に呼応するように、サイクロプスを覆う大量の魔法陣から、土・水・火・風・氷・雷のいずれかの系統属性を纏った槍が撃ち出される。

槍の残数が減ると、都度術式を構築してはそれに魔力を流していく。

サイクロプスが黒い霧へと変わったことを確認したアネリは、それで終わらなかった。

「ついでに死んでおきなさい、雑魚ども！」

続いて、サイクロプスが現れた時のように上空に大量の魔法陣が現れるが、そこから降り注ぐ槍は次はツトライルへと侵攻しようとしている魔獣たちを標的にする。

そして、文字通りあっという間に魔獣は全滅した。

「ふぅ。こんなところね。――カティーナ！　わかってると思うけど、氾濫は戦いが終わるまで続くわよ。今のうちに態勢を整えて！」

魔獣の殲滅を終えたアネリは、後方に居るカティーナに声を掛けながら近づいていく。

「ディフェンダー陣も、ひとまず休んでろ。しばらくは俺が前線を支えるからよ」

最前線に残っていたデリックはアンセムたちディフェンダー陣にそう伝えると、第四迷宮から出てきた新たな魔獣へと向かっていった。

◇　◇　◇

―ツトライル：探索者ギルド近傍―


「ホラホラぁ！　オレを愉《たの》しませるためにも、もっと必死に抗《あらが》ってみろよォ！」

大量の血痕によって赤黒く染められた場所で、《戦鬼》ディモンはそこに集まっていた中央軍の兵士を次々に死体へと変えていた。

「戦略級魔導兵器を使用する！　奴《やつ》を人間だと思うな！」

ツトライルに駐在している中央軍の指揮官が声を上げる。

その指示を聞いた中央軍の兵士たちは、魔石の付いている小杖を出現させた。

その小杖の先端付近から魔法陣が浮かび上がると、同じような魔法陣がディモンを覆う。

「化け物を爆砕せよ！」

特級魔術である【超爆発《エクスプロード》】を遥《はる》かに超える威力の爆発がディモンを襲う。

ディモンの立っている場所はクレーターのように抉《えぐ》られ、その地表の一部は超高温に晒されたことで溶けていた。

「これなら……！」

指揮官が確かな手応えを感じていると、

「ハハハ……。アハハハハ！」

未だに立ち上っている煙の中心からディモンの笑い声が上がる。

「残念だったなァ！　お前らごときが何をしようがオレに傷一つ付けることすら不可能なんだよォ！」

嗜虐《しぎゃく》的な笑みを浮かべながら、煙の中からディモンが現れた。

「なんだよ、これ。こんな化け物に、勝てるわけ、無い」

そんなディモンを見て、戦意を失った兵士の一人が呟く。

その思考は兵士全員に伝播《でんぱ》していき、中央軍は機能を失った。

「オイオイ、お前らは命を懸けて街や住人を守る人間なんだろォ⁉　だったら命懸けで向かって来いよォ！　もっともっとオレを愉しませてくれよ！」

「い、嫌だ……。こんな無駄死に、したくない……！」

「……はぁ。つまんねェ。全員、死んどけ」

心底つまらなそうな声でディモンが呟く。すると、戦意を失った兵士たちは、まるで水風船が破裂するかのように体内にあった血液を周囲にまき散らし、全員が絶命した。

「飽きたな。《剣姫》も現れねェし、《羅刹》を殺しに行くかァ。アイツなら多少は俺の飢えを満たしてくれそォだしな」

死んだ兵士たちには一瞥《いちべつ》もせず、ディモンが呟いていると、彼の頭上に魔法陣が出現した。

「あァ？」

ディモンが見上げたところで、魔法陣から極大な雷が降り注ぐ。

雷を意に介す様子も無く、ディモンが【天の雷槌《ミョルニル》】を発動した術者の方へ顔を向ける。

そのタイミングを見計らったかのように、ディモンの背後に《夜天の銀兎》のウィルクスが現れた。

そのまま手に持つ双刃刀《そうじんとう》をディモンへ振るう。

死角からの不意打ちにもかかわらず、ディモンは当たり前のように双刃刀を大剣で受け止めた。

ウィルクスは苦い表情をしながら距離を取る。

「ルクレ、攻撃の手を緩めるな！」

「わかってる！　――【雷槍《サンダージャベリン》】！」

撃ち出された三つの雷の槍をディモンは難なく全て大剣で叩き斬った。

ディモンが雷の槍に意識を割いたところで、ウィルクスが再び双刃刀を振るう。

その攻撃に対して、ディモンが大剣を切り返して迎撃した。

ウィルクスは真正面から大剣と打ち合うことは無く、角度を変えて受けることで、大剣が双刃刀の刀身の上を滑る。

大剣を凌《しの》いだウィルクスの左拳がディモンの胸の辺りを捉えた。

「吹き飛べ！」

ウィルクスが声を上げながら左拳を振りぬく。

彼の左の中指には指輪型の魔導兵器がはめられていた。

ウィルクスの放った言葉の通り、ディモンが後方へと吹っ飛ぶ。

「【超爆発《エクスプロード》】!!」

受け身を取ったディモンに、ルクレーシャが攻撃魔術で追撃する。

「痛ッてェな」

煙の中から出てきたディモンが、口の端から零れた血を適当に拭う。

「嘘《うそ》でしょ……」

「今の攻撃で倒れないって、マジかよ……。化け物過ぎるだろ……」

彼に支給された指輪型の魔導兵器は、奇《く》しくも《赤銅の晩霞》のハルトが得意としている氣《き》の応用である内部破壊に近いものだった。

人間であれば一度受けるだけで瀕死《ひんし》は免れない凶悪な兵器だ。

それなのに未だにディモンが立っているという事実を前に、二人は戦慄していた。

「ハハハ！　いいなァ、お前ら。《剣姫》が現れるまでの暇つぶしに付き合ってもらおうか！」

ディモンがそう声を上げたところで、彼の身体がブレた。

「――っ!?」

ウィルクスがほとんど反射で双刃刀を扱いディモンの大剣を受け流す。

「それはもう見たんだよ。そらお返しだァ！」

ディモンの左拳がウィルクスに叩《たた》き込《こ》まれた。

そのまま後方へとぶっ飛ばされる。

「がはっ！」

「ウィルっ⁉　このっ！」

ルクレーシャがウィルクスへの回復魔術とディモンの動きを妨害するための攻撃魔術を同時に行使する。

「ルクレ、助かった」

「これがボクの役割だから気にしないで！　それよりもウィル、戦意を喪《うしな》っちゃダメだよ。兵士たちが破裂したあの現象は、間違いなくアイツの異能によるものだから！」

「へぇ。一度見ただけでそこまで推測できるのか。お前、魔力が視《み》える何らかの異能を持っているのかァ？」

「そんな質問に答えるわけがないでしょ！　ボクたちの街をこんなにメチャクチャにして。絶対に許さないから！」

ルクレーシャが怒気を込めながらディモンに言い放つ。

「ハハハ！　威勢が良いな！」

ルクレの魔術で回復したウィルクスが、三度ディモンとの距離を詰める。

二人の剣戟《けんげき》の応酬が始まった。

ウィルクスがディモンの攻撃を受け流し、ディモンがウィルクスの攻撃を受け止める。

（くっ……！　あそこまで接近されてると、攻撃魔術が使えない……！　だけど、ウィルなら絶対にタイミングを作ってくれるはず！　それは絶対に見逃さない！）

至近距離で刃《やいば》を振るう二人を前に回復魔術以外の介入ができていないルクレーシャは、奥歯を噛《か》み締《し》め、ウィルクスに掛ける回復魔術の余力を残しながら、タイミングを窺《うかが》っていた。

「ホラホラ、もっと頑張れェ！　じゃなきゃ死んじまうぞォ！」

「くそ、が……！」

次第にウィルクスが防御に回る機会が増えていく。

そしてついにウィルクスがディモンの大剣を往《い》なす際に、体勢を大きく崩した。

絶体絶命の状況で、ディモンの凶刃がウィルクスに迫ろうとしていた。

「――【大津波《タイダルウェーブ》】！」

そのタイミングで、ルクレーシャが魔術を発動する。

突然現れた大量の水が大波となってウィルクスとディモンを飲み込む。

「ハハハ！　息の合った連携じゃねェか。良いコンビだな、お前ら！」

ずぶ濡《ぬ》れになっているディモンが大声を上げながら笑っていた。

「楽しそうなところ悪いけど、もう終わりだよ！　ボクたちの勝ちだ！」

そう言い放つルクレーシャの手には、魔導兵器である小杖が握られていた。

それを起動すると、氷点下を優に下回る寒風がディモンを襲う。

咄嗟《とっさ》に身体を逸《そ》らしたディモンだったが完全には逃れることができず、大剣ごと右半身が凍り付き、身動きが取れない状態になった。

「なにっ⁉」

「ナイスだ、ルクレ！」

ウィルクスが長剣を出現させると、それを握った。

見た目はシンプルな長剣だが、これも中央軍より支給されていた魔導兵器だ。

「大量殺人鬼が！　死んでその罪を償え！」

ディモンへと肉薄したウィルクスが長剣を振るう。

これで決着――と思われたが、長剣の刀身がディモンに触れる直前、文字通り彼の身体が霧散した。

ウィルクスの攻撃は空を切る。

「くそっ、どこ行きやが――ぐあっ⁉」

ウィルクスが周囲を見回していると、突如背中を斬られて地面に倒れた。

「ウィルっ⁉」

ルクレーシャは驚きの声を上げながらも、反射的に回復魔術を発動するべく術式構築をする。

だが、突然周囲の魔力が虚空へと消えてしまったことで、魔術を行使することができなかった。

「……なに、今の魔力の流れ」

信じられないものを見たような表情を浮かべたルクレーシャが声を漏らしていると、

「まさか、霧化《きりか》を使わされることになるなんてなァ」

赤黒い霧が一ヵ所に集まり、再びディモンが姿を現した。

彼の握っている大剣の刀身が、赤銅色に染まっていた。

「霧に成ってオレの攻撃をやり過ごしたってのか……？　あり得ねぇだろ……」

背中の痛みに顔を歪《ゆが》ませながら、ウィルクスが呟く。

「当たり前だろうが。只人の尺度でオレを測るなんて、不可能なんだからよォ」

ディモンが赤銅の大剣を適当に遊ばせながらウィルクスの疑問に答える。

「くそっ！　――っ⁉　何だ？　身体が、動かねぇ……⁉」

背中の痛みに顔を歪ませていたウィルクスの表情が驚愕《きょうがく》に変わる。

「なんで……、なんで魔術が発動しないの……⁉　この魔力の流れは何なの⁉」

魔術を発動できない状況に混乱しているルクレーシャが声を荒らげる。

「なかなか楽しめたぜェ。お前らの血はオレが有効に活用してやる。だから安心して死んどきな」

突然身体が動かせなくなったウィルクスの背に、ディモンは大剣の切っ先を向ける。

「――させないっ！」

ルクレーシャが長剣型の魔導兵器を手に、ディモンへと向かって走り出す。

「――『止まれ』」

「――っ⁉」

ディモンがそう言い放つと、ルクレーシャが突然足を止める。

彼女は驚きの表情を浮かべているため、これが彼女の意思とは違う行動であるとわかる。

「さっきから、なんなの……。なんなんだよ‼」

不可解の連続に、ルクレーシャは怒りと苛立《いらだ》ちを含んだ声を上げる。

「お前はそこで、仲間が死ぬところを『見ていろ』」

嗜虐的な笑みを浮かべているディモンが、再びルクレーシャに命令をする。

それから、大剣を勢いよく突き刺すために一度持ち上げた。

「ルクレ、逃げろ……」

「ダメ……。お願い……。止《や》めて……」

体を動かすことも魔術を行使することもできないルクレーシャは、涙を流しながら懇願することしかできなかった。

嗜虐的な笑みを浮かべているディモンに、そんな声が届くことはなく、

「さァ、お別れの時だ！」

ウィルクスの身体を大剣が貫いた。

「いやあああ――」

その一部始終を見ていたルクレーシャの表情が絶望に歪む。

そして、ディモンに対する戦意は完全に失われた――。

◇　◇　◇

―ツトライル：《夜天の銀兎》本部付近―


「くっ！　捨てられた実験体の分際で……！　ミノタウロス、とっととソレを叩き潰せ！」

赤いローブを頭から被った男が焦燥に駆られながら、通常の倍近くまで大きくなっているミノタウロスへ声を向ける。

赤衣の男の指示を受けたミノタウロスが組んだ手を頭の上まで振り上げた。

「キャロルっ！」

それを見たソフィアがキャロラインに声を掛ける。

「問題ないよ！　そんなんじゃ、今のあたしは捉えられない！」

ダルアーネで兄姉より受け取ったイヤリング型の魔導具を起動させると、キャロラインの両の瞳に魔法陣が浮かび上がる。

更に全身から翠色《みどりいろ》に揺らめく炎のようなオーラが漏れ出始めた。

ミノタウロスがキャロラインへ組んだ両手を振り下ろす。

五感が研ぎ澄まされている今のキャロラインにとって、その攻撃は遅すぎる。

キャロラインは攻撃を紙一重で躱《かわ》しながら、ミノタウロスの股下を潜《くぐ》り抜《ぬ》けた。

すれ違いざまに両手に握る短剣で、ミノタウロスのアキレス腱《けん》を斬る。

キャロラインは勢いのままにその場から離れた。

立てなくなったミノタウロスが体勢を崩していると、

「――【超爆発《エクスプロード》】！」

間髪入れずにソフィアの攻撃魔術が襲い掛かる。

「チッ、小娘どもが――っ⁉」

赤衣の男は毒を吐きながら次の手を打とうとしたところで、自分の身体が動かせないことに気付く。

ソフィアがミノタウロスへの攻撃と同時に、【念動力】で赤衣の男を拘束しているためだ。

「――【反射障壁《リフレクティブ・ウォール》】」

ミノタウロスから距離を取っていたキャロラインが魔術を発動する。

自身の後ろに現れた翠色の半透明の壁を蹴って、あっという間に赤衣の男との距離を詰める。

「くっ！」

赤衣の男が近づいてくるキャロラインへと【雷槍《サンダージャベリン》】をいくつも放つ。

しかしキャロラインは、放たれる前から雷の槍の軌道が分かっているかのような動きで、全てを躱していた。

「……一つ言っとく。あたしは実験体じゃない！　《夜天の銀兎》のキャロライン・イングロットだ！」

キャロラインが声を上げながら、短剣を収納して拳を握る。

そして、その拳を赤衣の男の鳩尾《みぞおち》へと正確に叩き込んだ。

「キャロル、大丈夫？」

ソフィアが心配そうに声を掛ける。

赤衣の男を拘束し終えたキャロラインは、いつもと変わらない笑顔を浮かべ、

「大丈夫《だいじょーぶ》だよ！　心配してくれて、ありがとね！　……だけど、何で教団の人間があたしたちに襲い掛かってきたんだろ？」

ソフィアとキャロラインは、本日がオフであったこともあり、二人でツトライルの街をブラついていた。

そんな最中に、セルマより念話で非常事態宣言を聞くことになった。

二人はすぐにローガンやルーナと合流するために《夜天の銀兎》本部へと向かっていた。

その道中で、赤いローブを頭から被った三人組からの襲撃を受けた。

それを二人だけで退けている。

ソフィアは一年前の教導探索では上級魔術の発動が精々だった。それが今では特級魔術も扱えるようになっており、異能も発現した当初とは比べ物にならないくらい使いこなせている。

キャロラインも氣の活性による身体強化に加え、兄姉から受け取った魔導具によって戦闘能力をかなり向上させていた。

「探索者ギルドの襲撃とか迷宮の氾濫は帝国の攻撃なんだよね……？」

「んー、帝国が迷宮の氾濫を起こしているっていうのは、前からちょっと引っかかってたんだよね。やり方が教団っぽいから。……もしかしたら、帝国は教団と繋がってるのかも？」

「え、それが本当だったら、相当危ない状況じゃない……？」

「あくまであたしの予想だけどね。っと、そんなことよりも、早く本部に戻ってログと合流しながら団員の皆を避難させないと！」

ツトライルに居るBランク以上の探索者は、原則として迷宮から出てくる魔獣の対処をすることになっている。

Aランクパーティである《黄昏の月虹》も魔獣の対処をする探索者に数えられるが、彼らはこういった事態になった際には団員たちの避難誘導のチームに振り分けられていた。

「あ、うん、そうだね！　ルゥ姉も本部に戻ってればいいけど」

「さっき急用ができたって言ってたもんね～。街から離れてたら合流は難しいね」

「ルゥ姉、今どこに居るんだろ。無事ならいいんだけど」

「ルゥ姉なら大丈夫でしょ。なんたってSランク探索者なんだから！」

「うん、そうだよね——って、なに、あれ……」

そんな会話をしながら《夜天の銀兎》本部を目指していると、ソフィアが戸惑いの声を漏らす。

「んー？　どーしたの——って、えぇっ⁉」

ソフィアの呟きを聞いて、彼女の視線の先を見たキャロラインが驚きの声を上げる。

彼女たちの視線の先には《夜天の銀兎》本部がある。

しかし、それを覆うようにドーム状の赤い半透明のガラスに似た障壁が、いつの間にか現れていた。

「え、さっきまであんなの無かったよね⁉」

「うん、あんな目立つものを見落とすなんて考えづらいもん」

「とにかく、急ご！」

戸惑いながらも二人は《夜天の銀兎》本部へと駆けだした。

◇

「ログっ⁉」

キャロラインが声を上げる。

ソフィアとキャロラインが障壁の傍まで駆け寄ると、そこではローガンが一人で魔獣の群れと戦っていた。

ローガンは自身の異能である【影操作】で、犬や鳥、延《ひ》いては象や熊といった多種多様の動物を出現させている。

上級探索者でも一人で戦えば、すぐに物量で押されてしまう敵を前に、ローガンは一歩も引いていなかった。

むしろ優勢にさえ見える。

「加勢しよう、キャロル！」

「当然《とーぜん》！　――【翠色ノ外套《ヴィリデセント》】！」

ソフィアの声に、キャロラインは応答してからイヤリング型の魔導具を起動する。

両の瞳に魔法陣が浮かび上がり、翠色に揺らめく炎のようなオーラが全身を覆った。

そのまま魔獣の群れへと突進する。

「――【火　槍《ファイアジャベリン》】！」

ソフィアが魔術を発動すると、キャロラインと並走するように無数の火の槍が放たれた。

「二人とも！」

魔獣の群れを前に険しい顔をしていたローガンが、二人の加勢に気付いてパッと明るい表情へと変わった。

そして三人は、あっという間に魔獣の群れを殲滅した。

「殲滅完了《かんりょー》！」

全ての魔獣が黒い霧へと変わったところで、キャロラインが伸びをしていた。

「助かった、二人とも」

「仲間なんだから当然だよ。……それよりも、このガラスみたいなの何？」

ソフィアが《夜天の銀兎》の敷地《しきち》を覆っている赤い障壁を見ながら疑問を呟く。

「……わからない。いつの間にか現れてた」

「んー、何か嫌な予感がする。ねぇログ、非戦闘の団員はまだ中に居るの？」

「あぁ、大半がまだ中に居る。僕の影渡りなら外に出られるみたいだから周りにいた魔獣の数を減らしてからみんなで避難する予定だったんだ」

「それだったら早く――」

「――そういえば、貴方は【影操作】という異能を持っていましたね。どうでもいい情報だったので忘れていました」

ローガンの話を聞いたキャロラインが口を開いたところで、別の男が声を被せてきた。

「「「――っ⁉」」」

三人は、話をしていても意識の大半は周囲の警戒に充てていた。

そんな三人の警戒網をすり抜けた存在の声に、彼らは目を見開いていた。

オルンやルーナの教えが身体に染み込んでいる彼らは、咄嗟の状況でも身体が自然と動く。

地面を蹴って声の聞こえてきたのと逆方向に跳んで距離を作った。

「それにしても、ここまで騒ぎを大きくすれば真っ先に現れると踏んでいたんですがね。まさか、オルン・ドゥーラはツトライルに居ないのでしょうか？」

跳んで距離を作ったところで三人が声のした方へと視線を向ける。

そこには貴族然とした雰囲気を醸し出している男――《羅刹《らせつ》》スティーグ・ストレムがいつもの邪気のなさそうな柔らかい表情を浮かべながら佇《たたず》んでいた――。

幕間《まくあい》　急転直下

◇　◇　◇

王女ルシラを乗せた馬車が王都の門を潜《くぐ》る。

「ふぅ……。何とか無事に帰ってこられたね」

護衛として馬車に同乗していたローレッタが安堵《あんど》の息を吐いた。

「長い間気を張らせる生活を強いてしまってごめんなさい、ローレ」

「気にしないでくれ。今回の会談にルーシーの存在が必要不可欠であったことは明白だし、これが私の仕事なのだからね。ルーシーが謝る必要はないさ」

「ありがとうございます。戦争が始まったばかりで気の休まる日は当分先になりそうですが、私が王城に戻ったら、今日くらいは羽を休めてください」

「うん、そうさせてもらうよ」

王都へ無事に帰ってこられたことを二人で喜んでいる間に、馬車が王城に着いた。

ローレッタが馬車から降りると、そこにはルシラの出迎えに来ていた数人の人間が集まっていた。彼女はこの場にいる者が全員ルシラの側近や従者であることを確認したところで、馬車の中にいるルシラに手を伸ばす。

その手に引かれながらルシラが馬車から降りる。

「お帰りなさいませ、ルシラ殿下。お変わりないようで安心いたしました」

五十代後半の老人――アザール公爵が、彼らを代表してルシラに声を掛ける。

「アザール公爵、ただいま戻りました。他の皆さんも、出迎えに来てくださりありがとうございます」

ルシラが彼らに労《ねぎら》いの言葉を口にしながら笑いかけた直後、――無理やり引き離されるかのように彼女を除くその場に居た全員が吹き飛ばされた。

「――――」

突然の出来事に、ルシラが目を見開く。

そんな彼女の傍《そば》には、いつの間にか男が立っていた。

「――全員、動くな。口も開くな。無視すれば、容赦なく彼女の首を刎《は》ねる」

ルシラの傍に立っている男――《英雄》フェリクス・ルーツ・クロイツァーが刀身をルシラの首元に添えながら全員に忠告する。

「……フェリクス殿下、どうして、ここに？」

ルシラは刃物を向けられながらも、毅然《きぜん》とした態度で疑問を口にする。

「手っ取り早く戦争を終わらせるためだ」

フェリクスが濁った瞳をルシラに向けながら答える。

「降伏しろ、ルシラ王女。無駄に血を流すことは本意じゃない。この場で帝国に降《くだ》ると言ってくれるなら、王国への攻撃を止めると約束しよう」

「……王国の行く末を決めるのは、私の兄である王太子です。私にその決定権が無いことは貴方《あなた》もわかっているでしょう？　なのに、そんな私の言葉で良《い》いのですか？」

王が崩御したノヒタント王国の現在のトップはルシラの兄である王太子だ。

ルシラには王族としての権威はあるが、王国の舵《かじ》を取れる立場にいない。――表向きには。

「ふん。俺たちが知らないとでも思っているのか？　この国のトップはお前だろう。今の王国では、お前の意見が最優先される。違うか？」

「…………」

「まぁ、どちらでもいい。お前らが負けを認めるまで、王国への攻撃を止めないだけのことだ。手始めにこの城を崩壊させて、ついでに王都に居る人間を皆殺しにしようか」

そう言うフェリクスの表情は本気だった。

彼は以前オルンに敗北した。

しかし、それは公表されていない出来事だ。

世間の評価では、未《いま》だにフェリクスこそが『世界最強』である。

実際、元勇者であり近衛《このえ》部隊隊長だったウォーレンを喪《うしな》った王国には、フェリクスと真正面から戦えるほどの実力者はおらず、王国の兵士が束になってもフェリクスには敵《かな》わない。

唯一の対抗手段はヒティア公国から譲り受けた魔導兵器だが、それも今はツトライルの最前線にあるため、この場にない。

（私の見立てが甘かったですね。《英雄》が戦場を無視してこちらにやってくるなんて……！）

ルシラは自身が楽観視していたことを悔いる。

王国と帝国は隣接していることから、ルシラとフェリクスは過去に何度も顔を合わせ、言葉を交わしてきた。

その知見から、ルシラはフェリクスのことを民思いの心優しい人物であると分析していた。

その分析は正しい。

ただし、それには彼が【認識改変】を受ける前であれば、という前置きが必要だ。

フェリクスが戦場に現れることはルシラも予測していたが、単身で王都にやってくるような行動を取ることまでは導き出せなかった。

（しかし、この人はどうやってここまで……？　帝国の皇太子なんて有名人が誰にも気づかれることなく王都まで来られるなんて、普通に考えればあり得ません。しかし、彼は現にこの場に居る。それを可能にするとするなら……。　──まさか、長距離転移!?）

ルシラは自身が持っている情報を元に、通常はあり得ないと一蹴される結論を導き出した。

世間では長距離転移という技術は未だに確立されていないとされている。

しかし、彼女は過去に起こっている様々な事件を分析して、《アムンツァース》と《シクラメン教団》の両組織は、既に長距離転移を可能にしていると推測している。

そして、その推測は当たっている。

（私の推測では、教団の人間でも長距離転移を行使できるのは幹部だけのはず。彼が長距離転移でここにやってきたとするなら、帝国の皇太子が教団内で幹部、もしくはそれに匹敵する地位にいるということになります）

「それで、どうするんだ？　早く決めてくれ」

徐々に空気が物理的に重たくなっていく。

建物や周囲のオブジェクトから軋《きし》むような音が聞こえてきた。

（長距離転移が可能な《英雄》が本気になったら、この国を滅ぼすのに一週間もいらないでしょうね……）

ルシラは降伏をしなかった場合、そして、降伏した場合のそれぞれの今後の展開を頭の中でシミュレートする。

彼女の今考えるべきことは、一人でも多くの民を救うこと。

「一つ、質問をさせてください」

悔恨の色を表しながら、ルシラが口を開く。

「……なんだ？」

「降伏した場合、王国民の権利は保証されるのでしょうか？」

「ここで降伏をするなら王国内でも帝国の法を適用し、お前らにも帝国民となってもらう。俺は帝国民に危害を加えるつもりはない。そこは皇太子として約束しよう。当然、反発する勢力が居るのであれば、そいつらは排除することになるが」

フェリクスの言葉を聞きながら、ルシラは顔を伏せて悔しさに耐えるように唇を噛《か》んでいた。

そして、声を震わせながら呟《つぶや》く。

「……わかりました。降伏、いたします……」

こうして王国は帝国の支配下に置かれることになった――。

第三章　慟哭《どうこく》

◇　◇　◇

―ツトライル某所：地下室―

クリストファーより転移陣の起動キーを受け取ったオルンたちは、早速ダウニング商会本店にある転移陣を利用してツトライルへと移動した。

彼らの視界に映る景色が変化すると、そこは窓一つ無い広めの部屋だった。

「ここって、じいちゃんの雑貨屋の地下室……？　何でここに……。――いや、そんなことを考えるのは後回しだ。ハルトさん！　街の状況は⁉」

「……かなり悪いな。街の面影を残している部分の方が少ないほどに滅茶苦茶《めちゃくちゃ》になっている。教団の人間が街中で暴れ、第二迷宮と第四迷宮から大量の魔獣が湧いてる状況だ。探索者の大半は魔獣の侵攻を防ぐために街の外で戦っていて、街中は軍人が奔走しているが、どちらも劣勢だな」

【鳥瞰《ちょうかん》視覚】を駆使して周囲を確認したハルトの報告を聞いたオルンが、歯を食いしばるようにして感情を必死に抑えていた。

「非戦闘員である住民はシェルターに避難しているんだよな？」

オルンは努めて抑制していることがわかるほど、抑揚のない声で再度ハルトに確認をする。

「……あぁ。地上に残っているのはほとんど死体だな。だが、《夜天の銀兎《やてんのぎんと》》の敷地《しきち》の辺りを何か赤い膜のようなものが覆っているように見える。俺の異能でもその中までは確認できねぇな。なんだ、これ？」

「っ！　だったら俺はすぐに《夜天の銀兎》の敷地に向かう！　他の場所は任せた！」

ハルトから《夜天の銀兎》に異常があることを聞かされたオルンは、三人にそう告げると、外へと繋《つな》がっている階段を駆け上がり、三人の視界から見えなくなった。

「少々露骨すぎないかしら？　普段のオルン様なら何かしら勘付かれるレベルで酷《ひど》かったわよ」

オルンが居なくなったところで、眼鏡を外したテルシェが責めるような視線をハルトに向ける。

「うるせぇな。そんな余裕が無いことを見越したうえでの発言なんだから大目に見てくれよ。こういうのは苦手なんだから」

同じく眼鏡を外したハルトが少々不貞腐《ふてくさ》れたように吐き捨てる。

彼らが眼鏡を掛けていた理由は、妖精であるティターニアを知覚するためだ。

つまり、彼らはこうなることを事前に知っていたことになる。

「ハルト。そんなことより、敵は？」

フウカがそんな二人のやり取りをスルーして、ハルトに必要なことを話すよう促す。

「敵には、案の定《戦鬼》が出しゃばってきてる。場所は探索者ギルドの建物があった付近だ。……………フウカ、任せていいか？」

フウカの言葉を受けて、ハルトが《戦鬼》の存在と居場所について触れる。それから彼は葛藤に顔を顰《しか》めながらも、フウカに《戦鬼》の相手を任せた。

フウカはコクリと首を縦に振る。

「わかった。じゃあ、行ってくる」

「……フウカ、わかっていると思うが、既に状況は終局に近づいている。ティターニアと爺《じい》さんの調整の邪魔になるから、妖力は当然、【未来視】も使えない。そんな中で《戦鬼》と戦うんだ。充分に気を付けてくれ」

「わかってる。私はこれから十中八九死ぬことになる。だけど、私はオルンの剣だから。行ってくるね、ハルト」

顔を顰めて苦しそうにしているハルトとは対照的に、フウカは普段と変わらない表情で淡々とそう言うと、階段を上って行った。

「……ハルト、あまり時間を無駄にはできないわ。私たちも行くわよ」

ハルトの背中を押すようにテルシェが話しかける。

「あぁ、わかってる。俺たちは街の外の魔獣の相手をしている探索者の助太刀だ。カティとヒューイが心配だから俺は第四迷宮に向かう。テルシェには第二迷宮を任せたいが、それでいいか？」

「問題ないわ。参考までに、第二迷宮の魔獣を対処している探索者たちの戦力は？」

「有力な探索者は第二迷宮の方が若干少ない印象だな。その代わりにツトライルでトップクラスの戦力であるセルマとレインが居るからトータルの戦力はどちらも変わらないと考えて良い。所感では、どちらも《アムンツァース》の主力と比べればかなり見劣りするだろうな」

「了解したわ。愚妹《アレ》が主力に数えられている時点で、あまり期待はできないわね」

「レインについては俺もある程度聞いている。お前がアイツのことを許せないでいることも理解しているつもりだ。だけど、レインがツトライルで頑張っていた姿を俺は見ている。その点は認めてやってもいいんじゃないか？」

ハルトがやれやれ、というふうに力なく笑いながら考えを口にする。

「無理ね。今回の事態、その原因を辿《たど》っていけば、あの愚妹《ぐまい》がやらかしたことに繋がるわ。それにアレはシオン様を泣かせた。私がアレを赦《ゆる》すことはあり得ないわ」

「……だけど、お前はハグウェル家の粛清を承知で、レインを《アムンツァース》の過激派から守るために国外に逃がしたんだろ？」

「それはシオン様がそう望まれたからよ。ご自身も傷ついていたにもかかわらず、『何も知らずに片棒を担がされただけだから』と」

「へぇ、あのお嬢様が」

「それに、アレに駒としての価値があるのは事実だから。実際、このままかの御仁の目論見《もくろみ》通りに事が運んだとしたら、その先にあるのはキョクトウの奪還よ。その時にはアレに働いてもらうわ。何があっても絶対に」

「この先、か……。ま、ここで考えても仕方ねぇな。——んじゃ、行きますか。全てを背負わせることになるオルンに少しでも報いるために」

テルシェの言葉を受けたハルトが、息を一つ吐いてから思考を切り替えた。

そして外へ向かって歩き始める。

テルシェが「ええ、そうね」と相槌《あいづち》を打つと、その後ろを付いて行く。

◇　◇　◇

オルンが行く手を阻む瓦礫《がれき》を魔術で吹き飛ばしながら階段を最上段まで駆け上る。

本来であれば、そこは彼が『じいちゃん』と呼ぶカヴァデール・エヴァンスの雑貨屋の店内となっているはずだった。

しかし、既に建物は倒壊していて、雑貨屋は僅かな面影を残すだけとなっていた。

血や人が焼かれたとき特有の臭いが、外へと出たオルンの鼻を刺す。

不快であると同時に、改変される前の記憶に直接紐づく臭いであることから、再び重たい頭痛が襲った。

「あれが、ハルトさんの言っていた赤い膜か……。何なんだよ、あれは……！」

オルンは爆発しそうなほどの怒りや悲しみといった負の感情を必死に抑えながら、頭痛を無視して《夜天の銀兎》の敷地の方角へと駆ける。

足を止めることなく《夜天の銀兎》の敷地へと近づいたところで、オルンの目の前を人影が横切ると、激しく壁に激突した。

「――っ⁉　キャロル⁉」

「……ぅ……ぐ……。……ぁ、し、ししょー…………！」

オルンに抱き上げられたキャロラインが弱々しく目を開くと、大粒の涙を流し始める。

キャロラインの状態は、傷こそ無いものの全身が土埃《つちぼこり》で汚れていて、身に着けている団服もボロボロだった。

「ししょー……、ごめん、なさい……。あたしが……、あたしが護《まも》らなきゃ、いけなかったのに……、二人を、護れなかった……！」

キャロラインが涙を流しながら懺悔《ざんげ》するように声を漏らす。

そして体力の限界を迎えたのか、キャロラインは意識を手放してしまった。

そんなキャロラインの状態と言葉を聞いて、状況を理解してしまったオルンは何も言えないでいた。

目の前が真っ暗になるような感覚とともに、呼吸が浅くなる。

「──ようやくのご登場ですか。待ちくたびれましたよ」

そんなオルンの背後から、場違いなほど明るい声音で声を掛けられる。

オルンはキャロラインを地面に横たえてから、ゆっくりと振り返りながら立ち上がる。

そんな彼の視界に映ったのは、邪気の一切無さそうないつもの笑みを浮かべているスティーグと、血だまりの中で力なく倒れているソフィアとローガンだった。

「………………」

その光景を見たオルンが顔を伏せる。

誰からも彼がどんな表情をしているのかが見えない。

「ん？　どうしたんですか？　あぁ、貴方《あなた》の大切な弟子の二人は、見ての通り──」

そんなオルンに対して、挑発するようにスティーグが言葉を投げていると、それが最後まで紡がれる前にスティーグに影が落ちる。

一瞬でスティーグとの距離を詰めたオルンが、目から涙をこぼしながら、空間が歪《ゆが》むほどに収束された、漆黒の魔力を纏《まと》わせたシュヴァルツハーゼを全力で振り下ろす。

直後、オルンの前方一帯を漆黒が飲み込んだ。

漆黒の魔力に飲まれた瓦礫や地表が消滅し、オルンの目の前は文字通りまっさらな土地へと変わる。

――が、振り下ろした剣が何かに阻まれた。

それをオルンが感じ取るのとほぼ同時に、ドリルのように螺旋《らせん》回転をしている水流が襲う。

オルンはそれをギリギリで反応して躱《かわ》す。

しかし、水流が蛇のようにうねり、脇腹を貫いた。

「――がっ……！」

前方にまき散らされている漆黒の魔力の中から現れた無傷のスティーグが、オルンの額を指で弾く。

額に穴が開いてもおかしくないほどの衝撃を受けながら、後方へと勢いよく弾《はじ》き飛《と》ばされる。

「魔力をまき散らすだけの攻撃だなんて、まるで子どもですね」

弾き飛ばしたオルンには目もくれていないスティーグが、背後に広がるまっさらになった土地を眺めながら呟《つぶや》いた。

スティーグに弾き飛ばされたオルンが、ふらつきながらも立ち上がる。

「ほう……」

スティーグが感心するような声を漏らす。

そんなスティーグの視線は、水流によって貫かれたオルンの脇腹に向かっている。

その脇腹には貫かれた形跡が無かった。

身体《からだ》だけでなく団服すら、元通りに戻っている。

涙を流しているオルンの眼《め》には憤怒《ふんぬ》が宿っていて、彼の怒りが伝播《でんぱ》しているかのように周囲の空気が振動している。

「それは、意識してやったのですか？　それとも無意識ですか？」

そんなオルンと相対しても、相も変わらず余裕綽々《よゆうしゃくしゃく》といった声音でスティーグがオルンに問いかける。

当然オルンはそんな問いには答えず、

「──【魔剣合一《オルトレーション》】、【陸ノ型《モント・ゼクス》】」

シュヴァルツハーゼを魔弓へと変え、収束魔力を矢にして番《つが》える。

「──黎天《れいてん》」

空間が歪むほどに収束された矢を打ち出す。

魔力と重力による破壊の奔流となった球体がスティーグを飲み込んだ。

人間一人に対して行う攻撃にしては過剰にも見えるものだが、それでもオルンは攻撃の手を緩めない。

「──【漆ノ型《モント・ズィーベン》】」

魔弓を魔刀へと変える。

そのまま風の精霊の特性を反映させると、その刀身に漆黒の風が逆巻く。

「──風魔之太刀《ふうまのたち》！」

破壊の奔流たる球体を、風に乗った無数の漆黒の斬撃が斬り裂く。

「なんで、こんなことに……」

攻撃を終えたオルンが、たまらず声を漏らす。

「それは単純明快です。貴方が《夜天の銀兎》に在籍しているからですよ」

「――っ⁉」

オルンが驚きの表情で声のした方へと顔を向ける。

そこには、その場から一歩も動かず、攻撃を受ける前と全く変化のないスティーグが佇《たたず》んでいた。

「……どういう、意味だ……？」

「それは言った通りですよ。我々の今回の目的は、オルン・ドゥーラの抹殺なのですから」

「…………は？」

スティーグの言葉を聞いて、オルンは間抜けな声を漏らす。

彼の中で自身の抹殺とツトライルの襲撃が紐づいていない。

「貴方という存在は、我々にとって厄介極まりないのですよ。かといって普通の方法では殺すこともできないのです。現に私は貴方の脇腹を貫いたというのに、それがある意味で無かったことになっています」

オルンが自身の腹部へと視線を落とす。

ここで初めて、自分の脇腹の穴が塞がっているだけにとどまらず、団服の穴も無くなっていることに気が付いた。

（この現象、どこかで見たような……。……そうだ、一年前にシオンと交戦したとき、アイツのケガが衣服ごといつの間にか元に戻っていた。だけど、それはシオンが【時間遡行】という異能を有しているから――う……ぐっ……）

思考を巡らせていると、再び重たい頭痛がオルンを襲う。

「だから、私たちは考えました。貴方を抹殺するためにはどうするべきか、と」

普段よりも悦に入《い》っているように見受けられるスティーグは、なおも言葉を重ねる。

「そして導き出した答えは、――貴方の心を壊すことでした。貴方自らが死にたいと望めば、貴方の異能はそれを叶《かな》えてくれるはずですからね」

「俺の、異能……？　ぐっ……！」

スティーグの話を聞くにつれてオルンの頭痛は激しさを増していく。

「あれが見えますか？」

そう言うスティーグが《夜天の銀兎》を覆っている赤い半透明の障壁へと視線を移す。

「あの中には《夜天の銀兎》の人間が閉じ込められています」

「まさか……!?　やめろっ……！」

スティーグが行おうとしていることに気が付いたオルンが吠《ほ》える。

だが、スティーグはそんなオルンの声を無視して話を続ける。

「あの中を毒ガスで充満させて、もがき苦しむ仲間の声を聞かせるのが、一番ダメージがありますかね?」

「ふざ、けんじゃねぇ!」

激しい頭痛に襲われながらも、オルンはスティーグへと肉薄する。

そのまま握りしめていた魔剣を振るう。

しかし、その刀身がスティーグへ届く前に、スティーグの手刀がオルンの手首から先を斬り飛ばす。

そのままスティーグは流れるような動作で、オルンの鳩尾《みぞおち》に掌底を打ち込んだ。

「がはぁっ……!」

オルンは吐血をしながら、堪《たま》らずその場に膝をついた。

スティーグは膝をついて屈《かが》み気味のオルンの頭の上に足を乗せると、そのまま力を込めて踏みつける。

顔面を叩《たた》きつけられたオルンの周りの地面に走った罅《ひび》が、その威力を物語っていた。

「ここからが面白いところなのですから、黙って見守っていてくださいよ。……ですが、よくよく考えたら毒ガスは時間が掛かりすぎますね。待っている間は暇になりますし。――ではこうしましょう」

そう言ってスティーグが指を鳴らすと、障壁に覆われた《夜天の銀兎》の敷地内に大量の水竜が出現した。

水竜が《夜天の銀兎》を蹂躙《じゅうりん》し始める。

「ほら、寝ていないできちんと見届けてあげましょうよ。貴方の大切な仲間たちの最期を」

スティーグがオルンの髪を引っ張りながら、強引に顔を持ち上げる。

オルンの視界に映ったのは、今まさに水竜の一体がブレスで建物を薙《な》ぎ払《はら》おうとしているところだった。

「…………止《や》めろ……。……止めて、くれ……」

そんなオルンの声が届くことは無く、無慈悲に《夜天の銀兎》の敷地内で水竜が破壊の限りを尽くしていた。

「しっかりと目に焼き付けてくださいね。これは貴方が引き起こしたことなのですから」

「……………………」

「そうそう。もう一つおまけで教えてあげましょう。貴方がまだ子どもだった頃、貴方たちの里を襲撃したのも《シクラメン教団》ですよ」

「……っ……」

「貴方のせいで、二度も罪のない人たちが大勢死ぬことになりました。我々は貴方を逃がしませんよ。もし、貴方が万が一にもこの状況を脱することができて、新しい生活拠点ができたとしても、我々は貴方が死ぬまで、これを永遠に繰り返します」

「俺の、せいで……、みんなが……」

「ええ、そうです。貴方は周囲を不幸にするだけの疫病神です。貴方が生き続ければ、それだけ人が死んでいきますよ。良《い》いのですか？」

スティーグの言葉を受けて、オルンの心が遂《つい》に決壊する。

不穏な雰囲気を察したスティーグが、摑《つか》んでいた髪を放してオルンから離れる。

「……あ……、あぁ……、ああああああああ——!!」

オルンが慟哭を上げた。

更にオルンの周囲の魔力が漆黒に染まり、火山の噴火のように爆発的に巻き上がり、漆黒の柱が空に伸びる。

その光景を見たスティーグが、ニヤリと気味の悪い笑みを浮かべた。

世界全体が揺れ、空間のところどころに亀裂が走る。

——それは世界の終焉《しゅうえん》を意味していた。

幕間《まくあい》　姉妹のかたち

◇　◇　◇

―ツトライル街外南西部：第二迷宮近郊―


獅子《しし》の魔獣が死角から一人の探索者へと飛び掛かる。

「うわあああっ⁉」

その探索者が獅子の魔獣の接近に気が付いたころには、目の前まで迫っていて躱《かわ》すことができない状況だった。

「っ！　【空間跳躍《スペースリープ》】‼」

悲鳴を聞いたレインが一瞬で構築した【空間跳躍《スペースリープ》】を発動する。

転移によって探索者と獅子の魔獣を強制的に引き離す。

「た、助かった……」

「油断するな！　気を抜けば、次は死ぬぞ！」

九死に一生を得た探索者が安堵《あんど》しているところに、セルマの一喝が飛んでくる。

「は、はい！」

探索者は気を引き締め直して、再び戦線へと向かう。

『一分後にローテーションを行う！　前線の探索者たちは、切り替えが完了するまで気を緩めるなよ！』

「「はい‼」」

セルマが魔獣の大群と相対している探索者たちに念話で指示を飛ばす。

最後方で休息をとっていた探索者たちが臨戦態勢を取った。

あと数秒で戦闘する者と休憩する者が入れ替わるというタイミングで、最前線にいるレインが声を上げる。

「交代時の隙は私が補う！　みんなは下がって！　――【超爆発《エクスプロード》】！」

前線を爆発が襲い、魔獣の侵攻が緩んだ。

その隙を見逃さず、前線で戦っていた探索者たちが下がる。

前線が薄くなったところで、レインが魔術を発動する。

「――【空間跳躍《スペースリープ》】‼」

後方に見える崩れたツトライルの外壁だった瓦礫《がれき》を上空へ転移させた。

空から瓦礫が降り注ぎ、魔獣たちを襲う。

その間に休息していた探索者たちが前線へと戻ってきた。

『……っ！　レイン！　いい加減、お前も一度下がれ！　それ以上戦い続けるのは危険だ！』

セルマがレインに怒鳴るように指示を出す。

当のレインはというと、鼻血を流しながら肩で息をしている。

レインは魔獣が地上に現れ始めてから、ずっと戦い続けていた。

明らかに魔術の使い過ぎだ。

そのダメージが鼻血として表に出ていた。

既にレインは強烈な頭痛を感じている。

『……ごめんね、心配かけて。だけど、私は、この戦いからだけは何があっても逃げちゃいけないの！』

レインはセルマにそう言いながら、攻撃の手を緩めない。

同時期にカティーナたちの居る第四迷宮からも魔獣が地上に出てきているが、魔獣一体一体の強さはこちらの方が上だった。

それに加えてこちらにもサイクロプスが現れている。

セルマたちは劣勢を強いられているが、レインが制限なく【空間跳躍《スペースリープ》】を行使していることで死者は未《いま》だに出ていない。

（私は、教団の言葉を真に受けて、黎明《れいめい》の里を壊滅に追いやってしまった。起こってしまったことはもう変えられない。……でも、起ころうとしていることなら、変えることができる。教団がツトライルを滅茶苦茶《めちゃくちゃ》にするなら、私は何としても、それを防いでみせる！）

レインは、セルマが【精神感応】で入手した情報を聞いて、今回の敵が《シクラメン教団》だと知った。

過去に利用されて、大量虐殺の引き金を引いてしまったレイン。

それは、十年近くが経《た》った今でも彼女の中で全く消化できていない出来事だ。

（こんなことが罪滅ぼしになるなんて思っていない。……だけど、私はもう後悔をしたくない。ここは、絶対に退《ひ》けない！）

レインは、黎明の里を壊滅させてしまった罪から、戒めのように行使することを封印していた【空間跳躍《スペースリープ》】を最大限活用して劣勢な戦線を支えていた。

先ほどのように戦闘員が交代する際にサポートしたり、魔獣に襲われそうになっている探索者を転移で逃がしたりと。

頭痛に苛《さいな》まれながらも、レインの戦意は一切衰えていない。

しかし、魔術の大量行使は、着実にレインの戦闘能力を削《そ》いでいた。

それでも他の探索者たちとともに魔獣の大群と戦い続け、ようやく魔獣の数が目に見えて減り始める。

「はぁ……はぁ……はぁ……。良かった、これなら……」

『レイン！　魔獣の数も落ち着いた。いい加減少し休め！　これで終わりとも限らないんだから』

『……そうね、そうさせて――』

「――うわああっ⁉」

魔獣の群れとは別にサイクロプスと戦っていた探索者の一人が悲鳴を上げる。

その探索者は体勢を崩していた。

サイクロプスが容赦なく拳を振り下ろす。

「――っ！」

レインがこれまでのように【空間跳躍《スペースリープ》】を発動しようとした。

（――っ⁉　術式構築が間に合わない。このままじゃ――）

本来のレインであれば、【空間跳躍《スペースリープ》】を発動しようと思った時には、術式構築を完了させている。

だが、今のボロボロのレインでは即座に発動することができなかった。

誰もが、その探索者の死を悟った。

「だめ……――」

レインの絶望の声が漏れるのと同時に、サイクロプスが振り下ろす拳と探索者の間に、無数の光が走る。

そして、空中に蜘蛛《くも》の巣《す》のような正六角形が浮かび上がった。

それがサイクロプスの拳を包み込むように受け止める。

「――【付与：火《ファイア・エンチャント》】」

刀を模した魔導具を手にしたテルシェが呟《つぶや》くと、燃え盛る炎が刀身を包んだ。

テルシェが氣《き》を活性化させながらサイクロプスへと肉薄し、その腕を斬り落とす。

サイクロプスが悲鳴のような声を上げる。

そんな反応を無視して、テルシェは地面を蹴ってサイクロプスの遥《はる》か頭上へと移動する。

いつの間にか彼女の手にしているものは刀から弓矢に変わっていた。

「――【付与：雷《サンダー・エンチャント》】」

弓に矢を番《つが》えたテルシェがそう呟くと、鏃《やじり》の周囲に雷が迸《ほとばし》る。

サイクロプスがテルシェを見上げた。

その瞬間、テルシェは矢を射る。

矢がサイクロプスの単眼を捉え、そのまま頭蓋と脳を貫いた。

「己を過信して周りに迷惑をかけるところは、全く変わってないのね、レイン」

力なく倒れたサイクロプスの近くに着地したテルシェが、冷たい目をレインに向ける。

「お姉、ちゃん……⁉　っ！　気を付けて！　そのサイクロプスは死なないの！」

レインが声を上げると、脳を潰されたはずのサイクロプスがテルシェに腕を振って攻撃してくる。

テルシェは驚いた様子もなく地面を蹴って、攻撃を躱しながら距離を取る。

サイクロプスは立ち上がり、次第にその単眼が再生していった。

「……【自己治癒】を反映させてるのね。面倒なことを」

テルシェがサイクロプスを睨《にら》みながら呟く。

このサイクロプスはカティーナたちの方で現れた個体とは異なり、魔力弾を撃ち出す機能ではなく、【自己治癒】の能力を有していた。

そんな彼女にレインがゆっくりと近づいていった。

「お姉ちゃんが、何でここに……？　もしかして、助けに来てくれたの？」

「加勢はあくまでついでに過ぎないわ。計画が順調に進んだ場合に備えて、私たちの王に献上する情報を少しでも増やしたいだけよ。……そんなことより、今すぐ私とそこのデカブツをまだ木々が生い茂っているところに跳ばしなさい」

「え、どうして……？」

「理由は知らなくていいわ。とっととやりなさい。そういうの、大得意でしょ？」

「――っ！」

十年前のことを思い出し、レインの表情が苦痛に歪《ゆが》む。

「おい、お前はレインの姉なんだろう？　何故《なぜ》そんなに妹に冷たく当たっているんだ！」

近くで二人の話を聞いていたセルマが耐えられず、二人の間に割って入る。

「セルマ・クローデルね。これは私たち姉妹の問題よ。関係ない貴女《あなた》にとやかく言われる筋合いはないわ」

「なんだとっ⁉　私はレインの仲間――」

「大丈夫よ、セルマ。……今から跳ばすね、お姉ちゃん」

セルマがテルシェに詰め寄ろうとしたところをレインが止める。

そのままレインはテルシェとサイクロプスを彼女指定の場所へと転移させた。

「何で止めたんだ？」

「お姉ちゃんが私にあんな態度を取っているのは、私が原因だから。私が悪いから……」

「お前とお前の姉に何があったのか知らないが、姉なら妹のことを受け止めるべきだろ！」

「ありがとう、セルマ。だけど、今はサイクロプスをどうにかしないといけないから」

「……先ほどの身のこなしからしても、レインのお姉さんが只者《ただもの》じゃないことは想像できるが、実際どのくらい強いんだ？」

「……実は、私もお姉ちゃんの実力は詳しく知らないんだ。……でも、恐らく私たちよりも強いと思う。だって――」

「ん？　だって、なんだ？」

「ううん、何でもない。ひとまず魔獣が少ないうちにこちらの態勢も整えないとね」

「そう、だな」

遠くでサイクロプスを圧倒しているテルシェを視界に捉えながら、レインとセルマは他の探索者たちと態勢を整え始める。

（――だって、お姉ちゃんは十年前の時点で魔術士の家系だったハグウェル家を一人で壊滅させた

んだもん。お父さんも名高い魔術士だった。それなのに、お姉ちゃんに呆気《あっけ》なくやられてしまったんだから）

テルシェの勝利を信じて、レインは再び迷宮から出てくる魔獣の方へと意識を向けた。

断章　白亜の麗人

◇　◇　◇

―南の大迷宮：入り口付近―

スティーグとディモンが探索者ギルドへとやってきたのとほぼ同時期、ルーナは南の大迷宮の入り口へとやってきていた。

『……ピクシー、大迷宮に着きましたよ。私をここに連れてきて何をするんですか？』

大迷宮の入り口近くに到着したところで、ルーナはピクシーに念話で問いかけた。

彼女の急用とはこのことだった。

数ヵ月前、クローデル元伯爵によってソフィアはダルアーネに連れ去られた。

ルーナはそんな彼女を見つけ出すために、ある条件と引き換えに妖精であるピクシーの力を借りた。

その条件というのが、『ピクシーの要望を何でも一つ叶《かな》える』というもの。

そして本日、ピクシーはその権利を行使してルーナに南の大迷宮まで向かわせた。

『えっと……、わたしの目的は、ここまでルーナを連れてくることだから……。その後のことはルーナ次第、かな……』

『それって、どういう――』

『久しぶりね、ルゥ子』

ピクシーの要領を得ない返答に、ルーナが質問を重ねようとしたところで、二人の念話に別の女性の声が割り込んできた。

『……ティターニアですか？』

ルーナは、声の主が彼女のことを『ルゥ子』と呼んでいたことから、割り込んできたのが妖精の女王であるティターニアだと察した。

『正解。元気そうで何よりよ』

『久しぶりですね。最後に貴女《あなた》と言葉を交わしたのはエディントン伯爵の依頼で私たちがレグリフ領に行っていた時ですから、あれからもう九ヵ月ですか。時間が経《た》つのは早いですね』

『ウチにとっては、ほんの少し前程度の感覚だけどね』

『ふふっ、数百年も生きているティターニアにとっては確かに一年なんてあっという間でしょうね』

ティターニアと久しぶりに会話ができて、ルーナの表情が綻ぶ。

『もしかしてピクシーを介して私を大迷宮に連れてきたのはティターニアですか？』

ルーナは二言三言言葉を交わしたところで、彼女へ質問を投げかける。

『……ええ、そうよ。ルゥ子にはこれから起こること、その一部始終をしっかりと見届けて欲しいの。【精霊支配】は他の異能よりも術理の影響が少ない。だから、記憶は引き継げなくとも、感覚くらいは残るはずだから』

『それは、どういう意味ですか……？』

意味深な発言を受けてルーナは首を傾《かし》げた。

『ごめん、その説明をしている時間は無いみたいだ』

そのタイミングで、セルマが非常事態宣言を発令するために異能で全住民とパスを繋《つな》いだ。

当然、その中にはルーナも含まれる。

そのパスをティターニアは強制的に断ち切った。

ルーナに他の場所の情報を入れず、目の前でこれから起こることに集中してもらうために。

直後、突如として大迷宮の前に一人の男が現れる。

ルーナはその男が放つ圧倒的な威圧感に気づき、身体《からだ》を震わせながら振り返る。

彼女の視界に映ったのは、右目を眼帯で覆った隻腕の青年の見た目をした男――ベリア・サンスだった。

「……本当に忌々《いまいま》しいな。俺だけが大迷宮に入れないなんて、不条理だろ。そうは思わないか？　なぁ、ティターニア」

ベリアは身体を震わせているルーナではなく、彼女の近くに在る妖精であるティターニアへと声を投げる。

その言動は、ベリアが本来知覚できないはずの妖精を捉えているという証明だった。

『それは当然だろう。この世界の破壊を目論《もくろ》んでいるお前を、主《あるじ》が入れると本気で思っているのか？』

ベリアの言葉を受けて、ティターニアが冷淡な声を返す。

「はははっ！　世界の破壊だなんて大袈裟《おおげさ》だな。俺は正そうとしているだけだ。なんせ、この世界が存在していること自体が間違いなんだから。妖精のお前もそう思っているんだろ？」

『……この世界の存在意義について議論するつもりはない。確かに以前のウチはこの世界が滅ぼうが存続しようがどちらでも良かった。だが、今は違う。オルン・ドゥーラの選択に委ねる。それが今のウチの意見だ』

「オルン、ねぇ。残念ながらオルンは俺の部下が殺す。アイツに明日は無い。残念だったな」

「ちょっと待ってください！　オルンさんの選択に委ねる？　オルンさんを殺す？　貴方《あなた》たちは一体何を言っているんですか⁉」

ベリアに気圧《けお》されていたルーナがようやく声を上げる。

「……ルーナ・フロックハート、ティターニアの操り人形の分際で、旧友との話に水を差すなよ」

初めてルーナの方へ視線を向けたベリアが冷たく言い放つ。

『それは聞き捨てならないわね。ウチがルゥ子を操ったことは一度もないわよ。ルゥ子は、ルゥ子自身の力と意思でこれまでの人生を歩んできた』

「ほぉ。《黄金《おうごん》の曙光《しょこう》》の三人目にルーナ・フロックハートが選ばれたのが、偶然だとでも言うのか？　それは無理があるだろ」

「……三人目？」

ベリアの言葉に引っかかりを覚えたルーナが呟《つぶや》く。

「本当に何も知らないんだな」

「どういう意味ですか？」

「どうもこうも、言葉のままだ。《黄金の曙光》は元々、オルンを縛り付け、そしてオリヴァーに大迷宮を攻略させるためのパーティだったんだよ。――それを、お前という存在が滅茶苦茶《めちゃくちゃ》にしたんだ」

ルーナに向けるベリアの視線が鋭くなる。

『ルゥ子、話半分に聞いていていいよ。これはあくまでアイツにとってルゥ子が邪魔な存在だったというだけの恨み言に過ぎないから。ウチ目線で見れば、ルゥ子のお陰でオルンもオリヴァーも良《い》い方向に進めているよ』

ベリアがティターニアの言葉を聞いて表情を緩める。

「……確かに、これは愚痴に過ぎないな。どうせ修正できる誤差の範囲内だ。俺もそこまで気にしているわけではない。ただ一言文句を言いたかっただけだ」

『これが誤差の範囲内？　それは油断が過ぎるだろう。これは、お前たちの優位性を失うほどのものだ。お前たちはこれから身をもってそれを実感することになる』

「ははは！　大きく出たな、ティターニア。……だが、さっきも言った通り、オルンはここで殺す。確実にな。そして、お前もだ、ティターニア！」

ベリアがそう言い放った直後、上空に二つ目の太陽が現れたと勘違いするほどの眩《まばゆ》い光が辺りを照らした。

それは、可視化されるほどに高密度になっている黄金の魔力だった。

「――天閃《てんせん》!!」

眩い光を放つ黄金の魔力がベリアを飲み込んだ。

オリヴァーがルーナとベリアの間に降り立つ。

「オリヴァー、さん……？」

意外な人物の登場に、ルーナの表情が驚愕《きょうがく》に変わる。

「……久しぶりだな、ルーナ」

ルーナの方へと振り返ったオリヴァーが彼女に笑顔を向ける。

（昔のオリヴァーさんに、戻ってる……）

オリヴァーの顔を見てルーナは心の中で呟く。

今の彼の表情は、昨年の共同討伐以降のどこか気負いのあったときのものではなく、オルンやルーナとの大迷宮攻略を純粋に楽しんでいたときのような、晴れやかなものに戻っていた。

「……随分なご挨拶だな、オリヴァー」

オリヴァーによる天閃の直撃を受けたはずのベリアは、その影響を全く見せずその場に佇《たたず》んでいる。

「これがお前らの挨拶だろ？　十年前にそう学んだから、こうしてお前らの流儀に合わせてやったんだ。感謝されこそすれ非難される謂《いわ》れはないな」

視線をルーナからベリアに移したオリヴァーが、落ち着いた声音をベリアに向ける。

「お前らの里を襲撃したときのことを言っているのか？　十年も前のことを根に持っているなんて、女々しいな」

ベリアが率いている《シクラメン教団》は、約十年前にオルンやオリヴァーが暮らしていた里を襲撃した。

そんな彼らの初撃は、前置き無しの大規模魔法であり、その魔法によって里は七割ほどが消し飛び、住人の大半が命を奪われた。

オリヴァーとオルンの記憶が書き換えられたのは、この戦いの直後。

記憶を取り戻してから一年も経っていないオリヴァーにとって、この出来事は単なる十年前の出来事ではない。

「はっ、数百年前のことを未《いま》だに引きずってるお前がそれを言うのかよ。滑稽だな」

しかし、そんなベリアの返答をオリヴァーが鼻で笑う。

オリヴァーの言葉にベリアの目が据わった。

「存在価値を失ったレプリカ風情が」

「まさかとは思うが、さっきから俺を動揺させるためにそんなことを言っているのか？　だったらそれは的外れだ。そんなもんは、とっくの昔に俺の中で消化済みなんだよ。俺の未来を決めるのは、お前らでも《アムンツァース》でもない。――俺自身だ!!」

「……あぁ、そうかよ。……それで？　お前は何で俺の前に現れたんだ？　まさかとは思うが、俺を倒すため、なんて冗談は言わないよな？」

「そんな無謀なことはしないさ。異能を十全に使えた〝あの日〟のオルンでも、お前の左腕を吹っ飛ばすのが精々だったんだ。今の俺に勝てる相手でないことは重々承知している」

オリヴァーがあっけらかんと答える。

その態度を受けてベリアは眉を顰《ひそ》める。

しかし、すぐにオリヴァーの目的を看破した。

「……なるほど、そういうことか。面白いことを考えたな、オリヴァー。いや、ティターニアの入れ知恵か？」

「……一体何の話だ？」

オリヴァーは緊張で顔を強張《こわば》らせながらもしらばくれる。

「そのままやってもらって一向に構わないが、すんなりとやりたいことをやらせるのも、それはそれで面白くないよな」

直後、ベリアが一瞬でオリヴァーとの距離を詰めた。

「っ！」

両者の剣が勢い良くぶつかる。

「オリヴァーさんっ⁉」

「流石《さすが》にこれには反応できるか」

「ぐっ！」

涼しい表情をしているベリアとは対照的に、オリヴァーの表情が歪《ゆが》む。

そんなオリヴァーの左の瞳に幾何学的な模様が浮かび始め、黄金の魔力が漏れ出し始める。

「……へぇ、その左目。レプリカごときが、生意気にも魔の理《ことわり》に至ろうとしているのか」

オリヴァーの左目が精霊の瞳と同化していることを察したベリアが呟く。

「俺だって、十年前のままじゃねぇんだよ！」

収束されて可視化された黄金の魔力がオリヴァーの背に集まる。

それが徐々に翼を形作っていく。

「天使……？」

ルーナがオリヴァーの後ろ姿を見て思わず呟く。

彼の周囲に黄金の羽根のようなものが舞った。

その羽根ひとつひとつが無軌道にベリアへ襲い掛かる。

ベリアは地面を蹴って後ろへと跳んで羽根による攻撃を躱《かわ》す。

「……アンタと戦わずに済めば良かったが、やっぱりそんな都合良くいかないよな」

オリヴァーは呟きながらも、周囲を漂う魔力を一点に収束させ続ける。

「……状況は全く呑《の》み込《こ》めていませんが、あの人が敵だということはわかりました。私も加勢します、オリヴァーさん！」

気が付くとルーナは前に出ていて、オリヴァーの隣に立っていた。

「…………。こんな愚か者、とっくに見捨てられてると思っていたんだけどな」

オリヴァーが驚いたような表情をしている。

「確かに去年の貴方は愚か者でした。そのことについては、しっかりと話をしたいところです。ですが、それは目の前の問題が片付いてからです！」

「ははは……、ルーナの説教か……。一緒にパーティを組んでいたころは嫌だったが、今は有難《ありがた》く思えるから不思議だな！」

オリヴァーが喜びの声を上げる。

「――ルーナ！　六十秒だ！　六十秒俺が生きられれば、俺たちの勝利と言って良い！　だから、回復魔術に専念してくれ！」

「……っ。わかりました！」

何故《なぜ》六十秒なのか、その疑問をグッと飲み込んだルーナが、オリヴァーの言葉を受け入れた。

「――【金糸雀之鎧装《アイギス》】！」

オリヴァーが魔法を発動すると、魔力が次第に白味を帯び始めながら彼の全身を覆う。

そして魔力が徐々に翼のある、金糸雀《カナリア》色の鎧《よろい》へと変化した。

「これは驚いた。まさか、既に魔の理に至っていたとは。『レプリカごとき』と嘲笑したことは撤回しよう」

オリヴァーが超越者となっていたことを知ったベリアが、感心したような表情へと変化した。

「だとすると、余計に疑問だな。鳥籠のようなこの世界を壊したいとは思わないのか？」

「……確かにお前の言う通り、この世界や《アムンツァース》の思想に思うところはある」

「だったらこっちに――」

「――だが、二十年というお前にとっては誤差程度の時間しか生きていない俺にも、その時間の中で大切な物が出来たんだ。……もう誓いを見失わない。俺は大切な物を奪われないためにも、もっともっと強くなる！」

改めて全てを奪われた時に立てた誓いを胸に、オリヴァーが剣を握り、ベリアとの距離を詰める。

「そうか、だったら死んでろ」

再び両者の剣が激突する。

しかし、今回はただの激突ではない。その刀身には、それぞれ自身の魔力を纏《まと》わせていた。

轟音《ごうおん》とともに空間すら歪むほどの魔力のぶつかり合い。

それは互角に見えた。

しかし、鎧に護《まも》られているはずのオリヴァーだけが、斬撃に切り刻まれたかのように全身から血が噴き出した。

対してベリアは全くの無傷。

「ふん、話にならないな」

オリヴァーを刻んだ傷は致命傷に至るモノであった。——そのままであれば。

だが、今の彼には、オルンとともに勇者パーティを下支えしてきた回復術士のルーナが居る。

オリヴァーの身体に傷が刻まれた次の瞬間には、【快癒《エクスヒール》】によって傷は無くなっていた。

「——【射撃《ブラスト》+爆裂】！」

再び魔法を発動するオリヴァー。

肉薄している両者の間に魔弾が撃ち出され、それがベリアと接触すると巨大な爆発が発生する。

自傷上等と言わんばかりのオリヴァーの攻撃だが、オリヴァーは金糸雀色の鎧に護られ、ダメージを負っていない。

爆発の衝撃で後方へ吹き飛ばされたベリアは、地面に剣を突き立てて勢いを殺す。

そのまま何事もなかったかのように立ち上がった。

「今のは少々驚いた」

「あの威力の直撃を受けても無傷か。本当に厄介な異能だな」

ベリアの異能は【永劫不変《えいごう》】。

文字通り一切変化しないというものだ。

それこそが数百年生きていながら、未だに若い見た目である理由となる。

しかし、ダメージを一切負わないなどというものは、この異能にとって序の口に過ぎない。

異能は発現したその時から、時間を追うごとに心身に馴染《なじ》んでいく性質を持っている。

人間の一生を優に超える時間を過ごしているベリアは、この世で一番異能を使いこなしている人間と言っても過言ではない。

「お前がここまで到達するなんて、思ってもみなかった。これも人間の可能性ってヤツかね？　良いモノを見せてもらった礼だ。抵抗しなければ、苦痛なく殺してやる」

ベリアがそう言うと、縮地でルーナの目の前に移動した。

「――え……」

ルーナの戦闘能力は決して低くない。

そんな彼女が一切油断していなかったにもかかわらず、接近されてようやく自身に剣が迫っている状況を認識した。

「ルーナッ！」

オリヴァーがルーナを突き飛ばして、ベリアとの間に割って入る。

ベリアの剣が魔力の鎧ごとオリヴァーを深く斬り裂く。

「オリヴァーさ——あぐっ⁉」

自分を庇《かば》って深い傷を負ったオリヴァーを見て、即座に回復魔術を行使するべく術式構築を始める。

しかし魔術が発動するよりもベリアの行動の方が早かった。

蹴り飛ばされたルーナが、吐血しながら壁に勢い良く打ち付けられた。

「抵抗しなければ苦痛を与えないって言ったのに。そんなに苦しんで死にたいのか？」

遠くで意識が朦朧《もうろう》としているルーナを見て、ベリアが昏《くら》い笑みを浮かべていた。

「テメェ‼」

オリヴァーが痛みを無視して怒鳴りながら剣を振る。

が、ベリアの異能によって剣は彼に届く前にその場に留《とど》められた。

そのままベリアが握る剣の切っ先が、オリヴァーの肩口を貫く。

「……クソ、が……！」

腕に力が入らなくなったオリヴァーの手から剣が落ちる。

「超越者へのせめてもの手向《たむ》けだ。仲間と一緒に死なせてやる」

オリヴァーの目の前で大きな爆発が起こった。

その直撃を受けたオリヴァーがルーナの傍《そば》まで吹き飛ばされる。

「ごほっ……、ごほっ……！」

「お、オリヴァー、さん……」

ルーナが弱々しい声を漏らす。

「巻き込んでしまって、済まない、ルーナ」

「貴方が、謝ることでは、ないでしょう……。私は、私の意思で、戦ったのですから……。戦いに、身を置いていたんです……。こういう最期が、あるかもしれないと、覚悟はしていましたが……。オリヴァーさんに、説教ができないのが、心残りではありますが……」

「いや、ルーナの説教は、きちんと聞くさ。――あと、少し。あと少し、なんだ……！」

ルーナが術式構築に割く余力が無いほどのダメージを負っている時点で、勝敗は決していた。

それは、オリヴァーも承知している。

しかし、彼の目は未《ま》だ死んでいなかった――。

「今生の別れは済ませたか？　なら死ね。――【雷霆《ケラウノス》】」

ベリアが一切の容赦無く、魔法を発動した。

触れたものすべてを蒸発させる雷が二人に降り注ぐ。

二人の居た場所が、轟音とともに煙に包まれた。

「……チッ。タイムオーバーか。逆算を間違えたつもりは無かったんだがな」

立ち上る煙を眺めながら呟くベリアは、口惜《くや》しそうな表情をしている。

煙が徐々に晴れていくと、そこには三つの人影が見えた。

「――オリヴァー、よく成し遂げてくれた」

煙の中から、オリヴァーともルーナとも違う女性の声が聞こえた。

「この、声は……」

ルーナが驚きの声を漏らす。

それは、いつも脳内に響いていた女性の声が聴覚を刺激したから。

煙が完全に晴れるとそこには、身に纏っている衣服も、長い髪も、露出している肌も、瞳の色も、全てが現実離れしていると感じてしまうほどの白に統一された女性が佇んでいた。

「はぁ……はぁ……。本当に、ギリギリだった。俺にできるのは、ここまでだ。後は、任せていいよな……？」

オリヴァーが息を切らしながら安堵《あんど》の声を漏らす。

その言葉に白亜の麗人がコクリと頷《うなず》いた。

それを見たオリヴァーが意識を手放した。満足げな表情をしながら。

オリヴァーの異能は【魔力収束】。

それは、周囲の魔力を一点に収束させるというもの。

収束させた魔力を一瞬で拡散させた時の衝撃を利用する攻撃や、魔力で剣や鎧を形作るというのは、あくまで副次的な結果に過ぎない。

【魔力収束】の本質は、収束した魔力を実体化させること。

それはつまり、魔力である妖精をこの世界に実体として顕現させることが出来るということ。

オリヴァーはベリアと戦いながら、同時に妖精を顕現させるべく【魔力収束】を行使していた。

その結果——。

「ティターニア、ですか……？」

ルーナが問いかける。

白亜の麗人はルーナに笑いかけながら口を開いた。

「こうして面と向かって話をするのは初めてね、ルゥ子」

——ティターニアがこの世界に顕現した。


ティターニアは動けないままのルーナとオリヴァーを魔法で回復させてから魔力の結界で覆うと、手を閉じたり開いたりしながら感触を確かめている。

「ルゥ子、ウチが最後に与えられるのは、今の妖精顕現の感覚だ。それは今後間違いなくルゥ子の力になる。だから、ウチが顕現した今の感覚を忘れないでくれ。——たとえ今日の記憶が無くなったとしても」

神々しさすら放つティターニアがルーナにそう告げると、ベリアを睨《にら》みつける。

「……本当なら準備を整えてからお前を顕現させるつもりだったんだがな。まぁいい。お前を殺すための手間がだいぶ省けたと考えれば悪いことでもないだろ」

普通の人間であれば、ティターニアの威光に震え上がるだろう。しかし、過去に彼女の姿を見たことのあるベリアは、特段気負うこともなく彼女へ声を掛ける。

「ウチを甘く見過ぎていないか。ウチは妖精の女王だぞ。今この時を以《もっ》てこの世界の最強は、お前ではなくウチになった」

「ははは、っ。だったらそれを証明して――――っ⁉」

ベリアが軽口を叩《たた》いていると、突然ベリアを衝撃波が襲った。

彼が勢い良く後ろへと吹き飛ばされる。

そんなベリアを視界に捉えながらティターニアが手を頭の上に上げる。

すると、上空に百を優に超える数の白亜の剣が現れた。

ティターニアが上に挙げた手を無造作に振り下ろすと、白亜の剣が一斉にベリアへと降り注ぐ。

「……チッ！」

ベリアが舌打ちをしながら異能を行使する。

白亜の剣が空中で静止した。

それを見越していたのか、ティターニアには動揺はなく次の手を打つ。

「――白龍」

ベリアの立っている場所が突然地割れを起こす。

その割れた地面の中から白亜色の魔力でできた龍が飛び出してきた。

そのまま大きな口を開いて、ベリアの身体に牙を突き立てる。

「やはり貫くことはできないか」

ティターニアが無感情に呟く。

本来なら白龍の牙で身体を貫かれ致命傷を負っているはずだが、ベリアは異能によって傷を負うことは無い。

「――【終焉之焔《レーヴァテイン》】」

無傷のまま白龍に咥《くわ》えられている状態のベリアが魔法を発動すると、彼の右手に業火の剣が現れる。

業火の剣は握った者すら焼き尽くすほどのものだが、ベリアは例外だ。

それを白龍に振るうと、白龍は全身を焼かれ、文字通り灰になった。

「これで終わりか？」

「まさか」

当のティターニアは不敵な笑みを浮かべていた。

直後、上空に静止している白亜の剣の切っ先に魔力が集まると、別の切っ先の魔力と細い線で繋がった。

一本二本では全く意味のない線にしか見えない。

しかし、いくつもの線が引かれ始めると、次第に意味のあるモノが浮かび始める。

「まさかっ⁉」

その正体を理解したベリアが、初めて焦りの表情を見せた。

即座にその場から逃れるために地面を蹴る。

「もう遅い。――【白亜之霊耀《アマテラス》】」

上空に描かれた魔法陣から、一点に集約され超高温となった白亜の光が、ベリアとその周辺一帯を飲み込んだ。

光は大地すら容易に溶かし貫く。

天から貫く光が消えると、光の通った場所は巨大な大穴となっていた。

「すごい……」

十年以上探索者として戦いの場に身を置いていたルーナでも見たことがないほどの威力の攻撃を見て、ルーナはただただ驚嘆することしかできなかった。

ティターニアが大穴の方をジッと見つめている。

すると、彼女の頭上に転移していたベリアが、魔力を纏わせた剣を振り下ろす。

それをティターニアは白亜の魔力を剣の形に変えて、難なく受け止める。

「チッ！」

不意打ちに近い攻撃を凌《しの》がれたベリアが、表情を苦々しいものに変えながら舌打ちをする。

極大な白亜の光の直撃を受けたベリアは傷一つ負っておらず、ダメージを受けていないように見受けられるが、若干動きのキレが鈍っていた。

「随分とぬるま湯に浸《つ》かっていたようだな。超越者には成れたようだが、数百年という人間にとっては多すぎる時間があって、まだその色なのか？」

ティターニアがベリアの魔力を見ながら、ため息を吐《つ》くように呆《あき》れた声を零《こぼ》した。

「お前やアイツと同じにするなよ」

ティターニアの言葉を受けて、ベリアが毒を吐きながら彼女と距離を取る。

「確かに主と比べるのは酷だろう。だが、お前には時間があった。それを無駄にしているのが残念でならないんだよ。本当に、残念だ」

ティターニアの発する言葉は憂いを帯びていて、彼女の表情からは虚《むな》しさが見て取れた。

魔力とは、普段は目に見えないエネルギーだが、一点に集めて高密度にすることで可視化することができる。

その際、その魔力はその者の色となる。

その色は様々だが、共通していることがある。

それは、魔力の扱いを極めるとその色は、次第に〝黒〟もしくは〝白〟に近づいていき、最終的には漆黒や白亜という混じりけの無い色に成るということ。

ベリアの魔力の色は完全に黒に染まっているわけではなく、どちらかというと赤に近い色をしている。

「……お前の気持ちなんてものは知ったことではない。そもそも俺は妖精と分かり合えるなんて思っていないからな。だから俺は妖精をこの世から一匹残らず消し去る」

再び距離を詰めたベリアが剣を振るう。

両者の剣がぶつかると無数の斬撃が飛び散り、周囲にあるモノがみじん切りにされたかのように細かく切り刻まれていった。

ピクシーによって護られているルーナたちは無事だが、その背後にそびえたっている大迷宮の入り口や転移のために設置されている水晶すらも原形を失っている。

それでもお互いに剣戟《けんげき》を止めない。

次第に魔法が織り交ざり始め、辺り一帯が更地になるほどの天変地異を起こしながら、両者は世界が崩壊しないギリギリの領域で戦いを繰り広げていた。

◇

　ティターニアとベリアの熾烈《しれつ》な戦いはその後も続いた。

　戦っている場所は既に南の大迷宮からもツトライルからもだいぶ離れている。

　その道中にあったモノを、文字通り灰燼《かいじん》に帰しながら。

「はぁ……。もう時間か。やはり俺だけの力ではお前を殺すには至れなかったな」

　改めてティターニアとの実力の差を実感したベリアが呟きながら、覚悟したような表情へと変わる。

「……？」

　ベリアの雰囲気が突然変わったことに、ティターニアが警戒心を強める。

「本当は俺だけの力でお前を超えたかった。だが、もう時間が迫ってきている。お遊びはここまでにさせてもらうぞ」

　ベリアが失った左腕の肩口辺りから涅《くろ》い魔力が零れ出る。

　それはドロドロとした粘度のある液体のようで、ベリアの魔力とは全くの別物だった。

「まさか……、お前っ……！」

　それを見たティターニアの表情に初めて焦りの色が浮かぶ。

「そうだ。去年《英雄》に西の大迷宮を攻略させた直後の、術理が自動的に書き変わるまでの一瞬のうちに手に入れた、邪神の魔力の一部だ！」

　どす黒い魔力が、徐々に何本もの骸《むくろ》の腕へと形を変え始める。

それはこの世に未練を残した怨霊を連想させるようなもので、不気味で禍々《まがまが》しい雰囲気を醸し出している。

「……異能で無理やり自分の中に留めているのか」

ティターニアが目の前のあり得ない出来事を成立させている方法に当たりを付ける。

「正解だ。にしても流石は人類を絶滅近くまで追い込んだ化け物だな。俺が取り込んだ量は邪神の総量から見れば一割にも満たないっていうのに、俺の異能でも留めておくのが精いっぱいだった。まぁ、あれから一年以上が経って少しずつ俺の身体も順応してきたがな」

左には墨液で形作られたような骸の腕をいくつも生やし、右手に握る剣の刀身には左腕と同じく涅い魔力を纏わせる。

「これでお前の魔力を濁らせてやる！」

感情を昂《たかぶ》らせたベリアが、再びティターニアへと接近する。

「……くっ！」

対してティターニアには先ほどまでの余裕はなかった。

接近を嫌うように距離を維持しながら魔力弾を撃ち出す。

ベリアは自身に迫ってくる白い魔力弾を剣で叩き落としながら、左の骸の腕をティターニアへと伸ばす。

涅い骸の手から逃れるティターニアだが、魔力である骸の腕に長さの限界は無い。

オオカミの群れが獲物を包囲するように、複数の骸の手が徐々にティターニアの包囲網を狭めていった。

逃げ場を失ったティターニアが転移を行い、ベリアをギリギリ視界に捉えられるところまで離れる。

「――いらっしゃい」

ベリアの魔の手から逃れて気を抜いたその一瞬、背後から聞きなれない少女の声がティターニアの耳に届いた。

同時に、大きな人の手のような形をした灼熱《しゃくねつ》の炎が、ティターニアの背から胸を貫いた。

「……がはっ⁉」

ティターニアが戸惑いながらも首を回して後ろを見ると、そこには燃えるように赤い髪を靡《なび》かせた愛くるしい見た目の少女――《焚灼《ふんしゃく》》ルアリ・ヴェルトが腕を伸ばしていた。

ルアリの二の腕から先が灼熱の炎に変わっていて、それがティターニアを貫いている。

その場に居たのはルアリだけではなかった。

彼女の他に、《導者《どうしゃ》》フィリー・カーペンター、《雷帝》グンナル・シュテルンがティターニアを囲うようにして立っている。

「いつ、の、間に……」

ティターニアがベリアとの戦闘に集中している隙に、この場には《シクラメン教団》の第一席から第三席までの幹部が勢揃《せいぞろ》いしていた。

「不快な声を出さないで、裏切り者」

ルアリが見た目とは反して酷《ひど》く冷たい声をティターニアに向ける。

「裏切り者……？　ぐぁっ⁉」

「言葉が通じないの？　黙ってて」

ルアリが炎の温度を更に上げる。

そうこうしているうちに、胸に穴をあけられたティターニアの傷口から白亜色の魔力が煙のように立ち上り始めた。

その煙のような魔力がとある場所へと向かって移動する。

白亜の魔力が向かった先は、フィリーが持つ巨大な魔石の中だった。

「やはりあの方の魔力を貴方が取り込んでいるとは、思っていなかったようだの」

いつの間にかティターニアの傍まで移動していたベリアに、《雷帝》グンナル・シュテルンが声を掛ける。

「……あぁ、そうだな。上手《うま》くいったようで何よりだ」

邪神の魔力を再び自分の体の中に押し込めながら、ベリアがグンナルの言葉を肯定する。

「お前らの目的は、ウチの魔力だったのか」

未だに炎の手に貫かれているティターニアが、苦痛に顔を歪めながらも声を発する。

「いいえ、目的はあくまで貴女の抹殺よ。妖精となった魔力は貴重だから、回収しているだけに過ぎないわ。まぁ、安心しなさい。貴女だった魔力はわたくしが有効に活用してあげるから」

昏い笑みを浮かべるフィリーがティターニアの言葉を否定する。

ティターニアは超常的な存在であるため、本来であれば寿命や死といった概念が無い。

しかし、妖精はこの世界に顕現することで、人を介することなく自由に力を行使できるようになるが、その代償として肉体の死と本人の死が紐《ひも》づけられる。

つまり、胸を貫かれたティターニアの命はもう長くない。

「この世界に顕現してくれたこと、感謝するわ。丁度オルン・ドゥーラの抹殺も終わるようだし、貴女もとっとと死になさい」

フィリーがそう言うと同時に、遠く離れたツトライルから遠目にも見えるほど巨大な漆黒の柱が空に伸びた。

空間に亀裂がいくつも走り、世界の崩壊が始まろうとしていた。

「《羅刹《らせつ》》のやつ、オルンに刺激を与え過ぎたんじゃないのか？　世界を崩壊させるのは、まだ先のことだぞ」

「それは大丈夫でしょう。世界の消滅を願うほどオルン・ドゥーラを追い込んでいる証拠でしょうし。世界の崩壊が始まる前に《羅刹》が彼を殺して、崩壊を防ぐはずよ」

「…………そうだな」

ベリアの懸念をフィリーが否定すると、ベリアはすんなりと彼女の言葉を信じた。

「ははは……」

勝利ムードを漂わせているベリアたち教団の幹部を見て、ティターニアは笑いが堪《こら》え切れなかった。

「……何が、可笑《おか》しい？」

突然笑いだしたティターニアに、ベリアが不快そうに眉を顰めた。

「いや、何。ここまで順調にアイツの掌の上で踊っているところを見ると、笑いが堪え切れなくてな」

「……アイツ？」

ベリア以外の者も怪訝《けげん》そうな表情を浮かべた。

「ひとまず、ウチの魔力を返してもらおうか。それの使い道は既に決まっているんだ」

ティターニアの声に呼応しているかのように、彼女の魔力を閉じ込めている魔石が突然震えだした。

「……っ！」

フィリーが咄嗟《とっさ》に魔石から手を離して後ろに跳ぶ。

魔石は地面に落ちるよりも前に粉々に砕け散り、周囲に白亜の魔力が漏れ出す。

「ウチは少し前まで傍観者を自称していたからな。最期もそれらしく振る舞ってみようか」

そして、ティターニアは声高らかに叫んだ。

「この戦いの勝者は、——カヴァデール・エヴァンスだ！」

◇　◇　◇

……何で、こんなことになった？

スティーグの言う通り、俺の、せいなのか……？

俺が、仲間を求めたから……。

俺が、《夜天《やてん》の銀兎《ぎんと》》に加入したから。

だから、みんな殺されたのか……？

——『いいか、オルン。迷ってから決断したことは、必ず後悔する。だから、オルンが《夜天の銀兎》に入ろうが、入るまいが、いつかは何かしらの形で後悔することになるじゃろう。だからこそ重要なのは、後悔する未来の自分が少しでも納得できる選択をするべきだと思っておる』

なんで……、こんな時にじいちゃんの言葉を思い出すんだよ……。

《夜天の銀兎》に入るという選択の先に待っていた後悔が、これか……？

なんだよ、それ……。

そんなことって——。

◇

――ツトライル：《夜天の銀兎》本部近傍――

「あああああああ――――!!」

オルンの慟哭《どうこく》に呼応するかのように膨大な漆黒の魔力が巻き上がり、空間にはいくつも亀裂が走る。

「……流石《さすが》にこれ以上は世界が持ちませんね。充分絶望してもらったでしょうし、そろそろ死んでもらいましょうか」

やがて慟哭を止めたオルンは、まるで魂を抜かれたように虚空を見つめていて、その瞳は何も映していなかった。

それでも、漆黒の魔力はひとりでに暴走を続け、続々と空間の罅が増えていく。

今の状況を良しとしないスティーグは、暴走する漆黒の魔力の中心で死んだように虚空を見つめているオルンへと近づく。

指を揃《そろ》えて手刀を作り、その手に魔力を集束させた。

「呆気無《あっけな》い最期ですね。我々は、もう少し貴方《あなた》に期待していたのですが」

スティーグは落胆の声を漏らしながら、全く反応を示さないオルンにその手刀を振るう。

「それでは、さようなら」

手刀から伸びる細く鋭い魔力がオルンの首に到達する直前、スティーグとオルンの間に突如人影が現れる。

「――――っ⁉」

気が付くと、スティーグは衝撃波によって吹き飛ばされていた。

スティーグが驚きに目を見開きながら、十数メートルほど飛ばされたところで地面を滑るようにして勢いを殺す。

それから即座に直前まで自分が居た場所へと視線を向けた。

彼の視線の先には、白くなった長い髭《ひげ》を蓄えている老人――――カヴァデール・エヴァンスが佇《たたず》んでいた。

カヴァデールが手に握っている杖《つえ》を向けると、虚空から限りなく白に近い青色の鎖がいくつもスティーグへと伸びる。

鎖がスティーグの身体《からだ》へと巻き付き、動きを阻害した。

続いて、鎖と同じ色の立方体に近い箱が現れ、その中にスティーグを閉じ込める。

スティーグを無力化したカヴァデールが振り返る。

カヴァデールはオルンを視界に入れると、悲しげな目つきを見せた。

「必要なこととはいえ、辛《つら》い思いをさせてしまって済まなかった、オルン。……まずはその魔力をどうにかしないとじゃな」

カヴァデールはそう謝ると、オルンが手首に付けている収納魔導具を遠隔で操作し始める。

すると、オルンの周りで暴走している漆黒の魔力が次第に収納魔導具へと取り込まれていき、天へと伸びる漆黒の柱は姿を消した。

「…………じい、ちゃん……？」

しばらく何の反応も示さなかったオルンが、カヴァデールの存在に気づいた。

「久しぶりじゃのぉ、オルン」

オルンに優しげな声を掛けながら近づくと、その右腕に軽く触れる。

「痛いじゃろ。すぐに治してやるからの。もうちょっとだけ我慢しておくれ」

カヴァデールがオルンの右腕の先――スティーグよって斬り飛ばされて大量の血が流れ出ている傷口を見ながら異能を行使した。

すると、オルンの右手が一瞬で元に戻った。

その代わりに、カヴァデールの右腕が虚空へと消え去る。

「ほっほっほ。右腕だけで済むとはのぉ」

「……なん、で……」

戸惑いの声を漏らすオルンとは対照的に、カヴァデールは明るく笑っている。

「何でとは、変なことを言うのぉ。オルンは儂《わし》の異能が【等価交換】だと知っておるじゃろ？　前途有望なオルンの利き手を戻すのに、この老いぼれの右腕一本で済んだんじゃ。安い買い物じゃよ」

「俺は……、こんなこと望んでいない。俺は、死なないといけないんだ。じゃないと、また大勢人が死ぬ。俺の、せいで……」

震えを帯びた声を漏らすオルン。

「じいちゃんは『迷ってから決断したことは、必ず後悔する』って、『後悔する未来の自分が少しでも納得できる選択をするべき』って、ちゃんと教えてくれたのに。俺は、それをもっと深く考えるべきだった！」

オルンがまるで懺悔《ざんげ》するように言葉を重ねる。

「俺が安易に選択したから、《夜天の銀兎》の皆は殺された。こんな結果、ちっとも納得できない……！　俺は、《夜天の銀兎》に入るべきじゃなかった！　独りで居るべきだったんだ!!」

涙を流しながら声を荒らげる。

「そうじゃの。《夜天の銀兎》に加入していなければ、また違った結果になったじゃろう。じゃが、儂はあの時こうも言ったはずじゃ。『《夜天の銀兎》に入ろうが、入るまいが、何かしらの形で後悔することになる』と」

「でも、これよりは遥《はる》かにマシな後悔だったはずだ……」

「選択しなかった先の結果は誰にも分からないものじゃ。じゃから――」

カヴァデールがオルンに何か伝えようとしたところで、少し離れたところからガラスの砕けたような甲高い音が発せられた。

「――もう出てきよったか」

カヴァデールはそう呟《つぶや》くと、スティーグを閉じ込めていた箱の在った場所へと顔を向ける。

そこには、箱を破壊し外へと出てきたスティーグの姿があった。

「まさか、私たちの把握していない超越者が居たとは。もしかして、ギルドの転移陣を改竄《かいざん》していたのは貴方ですか？」

「正解じゃ」

「そうですか。敵対する超越者なんて面倒以外の何ものでもありませんからね。貴方もオルン・ドゥーラと一緒に殺してあげますよ」

「ほっほっほ。お主が手を下さずとも、儂は存在ごと消えることになるから、お主の手を煩わす必要はないぞ」

「……それはどういう――――っ！」

スティーグがカヴァデールの意味深な発言について問おうとしたところで、再び白に限りなく近い青色の鎖が襲い掛かる。

既に見切っていたスティーグが鎖から逃れるべく地面を蹴った。

彼が鎖の届かない位置まで移動すると、その足元に魔法陣が浮かび上がる。

「っ！　これは、転移陣⁉　まさか、私の回避行動が誘導されていたとは……。やりますね。――来なさい、水竜！」

スティーグは自身が別の場所へ転移させられる直前に、次の手を打つ。

《夜天の銀兎》を覆っていた赤い障壁にいくつか穴が開くと、そこから水竜たちが外へと出てきた。

そして水竜たちがカヴァデールへの攻撃を始める。

その光景を見ながらスティーグがその場から姿を消した。

「時間が無いんじゃ。邪魔をするんでない。――【絶対零度《アブソリュート・ゼロ》】」

カヴァデールが魔法を行使して、水竜たちを一瞬で凍結させる。

「――オルンよ。この世に無駄なことは何一つないものじゃ。オルンなら、この経験もきっと糧にしてくれると信じておる。自分の心の声にしっかりと耳を傾けるんじゃ。お主の答えは、きっとそこにある」

カヴァデールがオルンに声を掛けながら異能を行使した。

すると、彼の周囲に白亜色《ティターニア》の魔力が集まり始める。

〝その出来事〟が起こるまでの残りわずかな時間を惜しむように、カヴァデールがオルンへ笑顔を向ける。

「じいちゃん……？」

カヴァデールの言動に違和感を覚えたオルンが、戸惑いの声を漏らす。

「儂の人生は後悔の連続じゃったが、最期に孫のために、この命を使えるなら本望じゃ。儂がオルンにしてやれることなんてこの程度のことでしかないが、どうか受け取って欲しい」

「最期って、どういうことだよ⁉　じいちゃんまで居なくなるなんて、そんなの、嫌だ……！」

「安心するんじゃ、居なくなるのは儂だけじゃ。……オルンよ、これからもお主には辛いことや苦しいことがたくさん訪れるじゃろう。じゃが、困難があるからこそ人は幸福を感じることができると、儂は思っておる。お主ならどんな困難も乗り越えられると信じておる」

カヴァデールが穏やかな声音で言葉を紡ぐ。

大切な孫が再び前を向いて歩き出せるように。

「――大丈夫じゃ、オルンは儂の自慢の孫なのだから。オルンがこれからの人生を笑って過ごせることを、心から祈っておるよ」

その言葉を最後に、カヴァデールの存在がこの世界から消え去った。

「――――」

カヴァデールの喪失に、オルンが声にならない声を上げる。

カヴァデールは自身の異能である【等価交換】を行使した。

それは、望むものを得る代わりに代価を差し出すというもの。

その望みを叶《かな》えることが困難であればあるほど、当然その代価は大きいものとなる。

カヴァデールが今回代価として差し出したのは、カヴァデール・エヴァンスという存在の全て、そして、妖精の女王であるティターニアを構成する魔力の大半。

どちらも代価としては大きすぎるものだ。

それだけ大きな代価を支払い、世界はカヴァデールの望みを叶えた。

――世界の時間が巻き戻り始める。

第五章　幽世《かくりよ》

◇　◇　◇

「……？　ここは……？」

気が付くと、私は見知らぬ場所に居た。

目の前に映るのは、氷原を思わせる障害物の一切無い白亜の地平線。

そして、空は東雲《しののめ》を連想させた。

地表に近づくほど曙光《しょこう》のようなものが空を照らしていて、上の方では夜空みたいな闇が広がっている。

足元は、まるで雲の上に立っているかのようで、真っ白い靄《もや》がひざ下あたりまで立ち上っている。

現実味の無いそれらの光景は、死後の世界とすら思えてしまう。

「……とりあえず、状況を整理しないと」

深呼吸を行い、心を落ち着かせてから、自分の記憶を辿《たど》る。

「私の名前は、シオン・ナスタチウム。…………うん、名前も記憶もちゃんと思い出せる」

私が知る限りでは、私は私のままであるとわかって安堵《あんど》した。

【認識改変】なんて異能があるから絶対の自信は無い。

だけど、逆説的に考えれば、【認識改変】を懸念しているということは、それを受けていないと考えて良いんじゃないかな。

そこまで見通されていたらお手上げだから、それ以上は考えても仕方ないしね。

「それじゃあ、えっと、私の最後の記憶は……」

再び自分の記憶を漁《あさ》る。

私の最後の記憶は、ティターニアからもたらされた情報を基に《アムンツァース》が展開した作戦に参加したこと。

私はその作戦で帝国の属国であるミナガニア王国に潜入して、その国にある《シクラメン教団》の拠点の一つである農場《ファーム》と呼ばれる迷宮を襲撃した。

その迷宮の最奥で、小憎たらしい二十歳前後の貴族然とした男と会って、

「そうだ。【魔力喰《ぐ》い】の特性を反映させたドゥエと呼ばれていた魔人と戦ったんだ。その戦いの過程で〝外〟に触れて、私は魔の理《ことわり》に至った。それから無事にドゥエを斃《たお》して、意識を失った。

……それで気が付いたら私はここに居た、と」

……うん、結局ここがどこかは分からないね。

外に触れた直後に、術理に干渉するなんて無茶をして【凍獄之箱庭《フィンブルヴェトル》】を発動したんだ。

私は短時間のうちに魔の理と術理という膨大な情報に触れたと言える。

意識を失ったのは、睡眠のように脳が情報の整理をするためだと思う。

単純に体力が限界を迎えたから倒れただけというのも否定できないけど。

「うーん……、もう少し情報が欲しいところだけど……」

私は呟《つぶや》きながら、グルッと周囲を見渡す。

しかし、どこを見ても同じ景色が続くだけで、変化らしい変化は見受けられなかった。

「……ん？　精霊の動きがちょっと変かも」

普通の視界では変化が無かったため、続いて精霊の瞳を介しながらもう一度グルッと見渡す。

すると、通常の魔力はその場に漂っているだけだったのに、変質した魔力である精霊は、目的地があるかのように同じ場所に向かってゆっくりと移動していた。

「……罠《わな》の可能性もあるけど、手掛かりはこれしかないかー。――よしっ！　行こうっ！」

覚悟を決めた私は臨戦態勢を取りながら、精霊の向かっている場所へと歩を進めた。

◇

しばらく歩き続けているはずだけど、時間の感覚がマヒしたかのような錯覚に陥る。

【時間遡行】の異能を持っている私は、どれだけ長時間迷宮などの環境の変化が乏しい場所に身を置いていても正確な時間を言い当てることができて、その感覚が衰えることとは無縁だった。

それなのに、感覚では二時間程度が経過しているはずだけど、自信を持ってそうだと言い切ることができない。

……ここは、やっぱり普通じゃない。

(足を進めるたびに僅かずつではあるけど、精霊たち進む角度が小さくなっていっている。少しずつ目的地に近づいているという実感をくれるのが唯一の救いだね)

それからも、どのくらいの時間が経《た》ったかわからなくなるほど歩いていると、視界に白い地平線と変化の無い東雲の空以外のモノが映った。

警戒心を緩めることなくそれに近づいていくと、すすり泣くような声が私の耳に届いた。

更に近づくと、それは膝と手を地面につけて蹲《うずくま》っている人だった。

顔は立ち上っている靄に隠れて見えないけど、身に纏《まと》っている衣服や外見から、その人物が誰かわかった。

「…………オルン?」

私の声に反応したオルンがゆっくりと顔を私の方へと向ける。

オルンの顔は涙に濡《ぬ》れていた。

「どう、したの……?」

会えると思っていなかったオルンとこんな場所で再会したことや、ここまで弱っているオルンを前に、私は頭が真っ白になっていた。

私の知るオルンは子どもの頃も再会した時も、どれだけ厳しい状況でも毅然《きぜん》とした態度を取っていて、弱みを一切見せてくれなかった。

そんなオルンが、子どものようにボロボロと泣いている。

それは私にとってすごく衝撃的なことだった。

「……シオンか。丁度いいところに、来てくれた。頼む、俺を殺してくれ」

「……え？」

「じいちゃんが目の前から消えて、気が付いたらここに居た。ここで何度自殺しようとしても死ねないんだ。お前は俺を殺そうとしていただろ。頼むよ、俺を殺してくれ！」

切羽詰まった様子で『殺してくれ』と懇願してくるオルンの様子に、彼が本気で死を望んでいることが伝わってくる。

「できないよ、私がオルンを殺すなんて」

私の発する声が震えている。

そんなことができるわけがない。

「なんで、だよ……！　俺は死ななくちゃいけないんだ。俺のせいで、仲間がたくさん……。父さんと母さんが殺されたのだって……。なのに、なんでじいちゃんは、生きる価値の無いこんな俺のために……！　くそっ‼」

怒り、悲しみ、憎しみ。

オルンは、身に余る負の感情に苛《さいな》まれているように見受けられた。

突然の状況に頭が上手《うま》く回ってくれない。

何でオルンがこんな状態になっているのか、私にはわからない。

苦しんでいるオルンにどんな言葉を掛けてあげるのが正解なのか、私にはわからない。

だけど、オルンは一つ、聞き捨てならないことを言った。

「自分のことを『生きる価値の無い』なんて、言っちゃダメだよ。たくさん人を殺《あや》めてきた私に命の尊さを語る資格は無いけど、生きる価値の無い人間なんて存在しないと思うから」

「……っ！　お前に俺の何が解《わか》るって言うんだよ！」

「――解らないよ！　私は、オルンが死んだって聞かされて、それからずっとオルンとの〝約束〟を支えに生き続けてきたんだ！　なのに、実際は生きていて。だけど、再会したオルンは私のことを忘れていて……。私に、今のオルンのことが解るわけないじゃないか！」

「…………」

売り言葉に買い言葉で、私は感情のままに声を上げる。

いきなりまくし立てるように声を発する私を見たオルンは、苦しげな表情から呆気《あっけ》に取られたような表情に変わっていた。

自分でも滅茶苦茶《めちゃくちゃ》なことを言っている自覚がある。

だけど、オルンが一瞬でも苦しさを忘れることができるなら。

「それでも、私にとってオルンは、恩人で、大好きな人だから。私はオルンの味方で在り続けたいと思ってる。だから教えてよ、今のオルンのことを。辛《つら》いことがあったなら私にぶつけてよ。私は、それを一緒に背負いたい」

思いついたままに言葉を紡ぎながら、そっとオルンを抱きしめる。

もう二度と触れることができないと思っていたオルンが、私の腕の中に居る。

抱きしめる力を強めると、オルンの心臓の鼓動が伝わってくる。

気が付くと涙が零《こぼ》れていた。

「私は、オルンが生きてるってわかって、泣いちゃうほど嬉《うれ》しいんだよ。だから、死にたいなんて言わないでよ……」

「シオン……」

オルンから涙に濡れた声が零れる。だけど、その涙は先ほどよりも温かいものに感じた。

◇

「……ありがとう、シオン。少し、落ち着くことができた」

声を殺しながら泣いていたオルンが泣き止《なや》むと、そう言いながら私から離れた。もうちょっと抱きしめていたかったな、残念。

「そっか。良かった」

私がオルンに笑いかけると、オルンは気恥ずかしそうに顔を赤らめながら顔を少し背けた。

「ねぇ、オルン。オルンに何があったのか、教えてくれない？」

私がそう聞くと、オルンの表情に少しずつ翳《かげ》りが見られる。

それから少しだけ躊躇《ためら》いを見せたけど、そう思うに至った出来事をぽつりぽつりと語り始めた。

私はオルンの横に座って、相槌《あいづち》を打ちながら話を聞き続ける。

オルンの語った内容は、《シクラメン教団》によってツトライルが蹂躙《じゅうりん》され、弟子や仲間までもが殺されたという衝撃的なものだった。

それ以外にも、ツトライルに戻る直前にクリストファー《クリス》と接触していたことも話してくれた。

「最後には、俺も殺されそうになったけど、じいちゃんが俺を守ってくれたんだ」

「その、『じいちゃん』というのは、誰？」

オルンの祖父は二人ともすでに亡くなっているはず。

私は思わず質問をした。

「……あぁ、シオンになら話してもいいか。じいちゃんってのは、カヴァデール・エヴァンスのことだ」

「カヴァデール・エヴァンスって、あの魔導具師の!?」

「流石《さすが》にシオンも知っているか。想像している魔導具師で合ってると思うよ」

あまりの衝撃に言葉を失う。

だって彼は……。

そんな私を傍目《はため》に、オルンは再び口を開く。

「話が脱線したな。その後、すぐにじいちゃんが消えて、俺は気が付いたらここに居たんだ」

最後まで語り終えたオルンが、震えるほど強く右手を握り締めていた。

一言では言い表せない複雑な感情が、彼の中で渦巻いているんだろうことが容易に想像できた。

（カヴァデール・エヴァンスが消えて、私たちがここにやってきた。そっか、そういうことだったんだ）

「話してくれてありがとう。……辛いことを思い出させてごめんね。だけど、オルンが話をしてくれたおかげで、私はここがどういった場所なのかわかったよ」

「本当か？　ここはどこなんだ？」

私の言葉に、オルンが食いつく。

「ここを一番適切に表すとしたら、〝幽世《かくりよ》〟かな。ここは私たちが居た世界から時間も空間も隔絶された場所だよ」

オルンの話を聞く前から、私は疑問を覚えていた。

何でここには、私とオルンしか存在しないのだろうか、と。

だけど、オルンがここに来る直前に何があったのかを聞いて、私は合点《がてん》がいった。

「最初に確認なんだけど、オルンは自分の幼少期――具体的には探索者になる前のことについてどこまで知ってる？」

オルンの話を信じると、私は半年近く眠り続けていたことになる。

そして、私が眠っている間にオルンはクリスと接触していた。

そこで既に自身の過去について大雑把に聞いているらしい。

私の知らないところで話が進んでいるのは少々面白くないけど、こうやってオルンとゆっくり話ができる機会が得られたから良しとしよう。――っと、話が脱線した。

「……詳しいことは、何も。俺が探索者になる前に、俺が暮らしていた場所が教団に襲撃されて、……みんなが、殺されたことは聞いた。……なぁ、俺とシオンは、その、知り合い、だったのか？」

恐る恐ると言った感じにオルンが質問してきた。

改めてこんな質問を受けると、本当にオルンは昔のことを覚えていないんだと実感して、物悲しさを覚えてしまう。

「……うん、そうだよ。いわゆる幼馴染《おさななじ》みってやつ。住んでいた場所は違うけど、よく一緒に遊んでいた。オリヴァーや他の人たちともね」

「そうか。俺は幼馴染みのことも忘れていたんだな……。その、ごめん……」

オルンが申し訳なさそうに肩を落としながら謝罪の言葉を口にする。

それに私は首を横に振った。

「ううん。悔しいけど、【認識改変】は強力だもん。仕方ないよ。――それよりも、頭が痛いとかは無い？　書き換えられた認識に強い刺激が与えられると、拒絶反応みたく頭痛が起こるみたいなんだけど」

私がオルンの状態を確認すると、オルンは不思議そうな顔をしながら首を傾《かし》げた。

「……そういえば、頭が痛くならないな。クリストファーさんから過去の話を聞いたときやツトライルに居た時は、動くのも億劫《おっくう》になるほどの頭痛に襲われてたけど、今は全く痛くならない。未《いま》だに頭に靄が掛かっているような感覚はあるけど」

オルンの身体《からだ》が順応を始めたのかな？　それとも、この場所だから？　どちらにせよ、これは好都合だ。

「良かった。だったら、もっと踏み込んだ話ができる」

「踏み込んだ話？」

「うん。――オルンの異能について」

クリスの予想では、害悪女《フィリー》がオルンに施した【認識改変】は、『オルンが自身の異能について正確に認識できないようにしたもの』だった。

本来、異能者はふとしたきっかけで、自分の異能について理解することができる。

しかしオルンは、害悪女によってその理解が阻害されている状態だと考えられる。

それに付随して幼少期時代の記憶が混濁しているのではないか、というのがクリスの見立てだ。

しかしオルンは、間違いなく異能を行使している。

それはつまり、オルン自身の中で無意識にでも認識の整合性を取っているということ。

もしも、オルンが再び自身の異能を正確に認識できれば、オルンが記憶を取り戻すことも不可能ではないはず。

できることなら、オルンには記憶を取り戻してほしい。

「オルンは、自分の異能をどんなものだと思っているの？」

「俺は、自分の異能を【重力操作】だと思っている」

「…………なるほど、【重力操作】か……。それなら広義に解釈できるね」

【重力操作】というと、帝国の《英雄》であるフェリクス・ルーツ・クロイツァーの異能が一番近い。

去年、オルンはフェリクスと戦ったことがある。

あの時、正直私はオルンが負けると思っていた。

実際にはフェリクスを降《くだ》したわけだけど、それは追い込まれたオルンが活路を見出《みいだ》すために、異能を行使した結果なのかもしれない。

　でも、本来の異能については認識できないから、自分の異能を【重力操作】だと思い込むことで無理やり整合性を取ったってところかな？

「シオンのその反応だと、俺の異能は【重力操作】ではないということか？」

「うん、違うよ。オルンの異能は、――【森羅万象】。原初の異能とも、異能の起源とも言われている、《おとぎ話の勇者》と同じ異能だよ」

「森羅万象……？　それって大雑把に言えば『ありとあらゆるもの』って意味だよな？」

　やはりと言うべきか、オルンは自分の異能の名称を聞いてもいまいちピンと来ていないようだ。

「そうだね。私も昔のオルンや伝え聞いた話しか知らないから、その全貌を知っているわけじゃないけど、端的に言うなら、人にできることなら何でもできるというものだよ。当然、色々と制約もあるらしいけどね」

「何でもできるって、滅茶苦茶だな……」

　私の話を聞いたオルンが呆《あき》れたように呟く。

「そうだね。だからこそ、教団はオルンを危険視しているんだよ」

「その話が本当なら、あの男に『厄介極まりない』と言われたのも納得できる部分があるな」

　オルンが力なく笑う。

　今、オルンは何を思っているのだろうか。

その言動からは彼の心の中がどうなっているのか、察することができない。

でも、オルンが強い人間であることを、私は知っている。

「まだオルンは、自分の異能についてしっくり来てないと思う。それで構わないから私の話を聞いて欲しい。この話が最終的にはオルンの知りたいことに繋《つな》がるから」

「……わかった」

オルンが頷《うなず》いたことを確認した私は話し始める。

「【森羅万象】は、他人の異能すら行使することができるんだ。オルンが自分の異能だと思っている【重力操作】は、《英雄》の異能である【引斥操作《いんせきそうさ》】がベースになっていると私は考えている」

オルンは驚きの表情をしているが、静かに私の話に耳を傾けていた。

「異能はね、人間にとっては異物なんだ。その人の構造を変えてしまうほどの。あ、でもそれは肉体的に変わるとかじゃなくて、精神的というか、能力的というか……」

私が適切な言葉を探していると、黙って聞いていたオルンが口を開いた。

「つまりは、短時間で行われる進化みたいなものだろ。本来魔力を知覚できない人間が、【魔力収束】や【精霊支配】、【魔力追跡】のような魔力に干渉する異能を発現することで、〝魔力を知覚する〟という能力を得る、といった具合に」

「うん、そんな感じ。私が説明するまでもなかったかな」

「そこについては、既に察していたからな。異能が異物っていうのは初めて知ったが」

「その辺りに触れると話が大きく脱線するから、それは後回しにさせてもらうね。……それで何が言いたいかというと、異能を発現した者は、その異能を行使するための下地のようなものが作られるってこと」

　私が話を再開すると、オルンも黙って私の話に耳を傾ける。

「――そして、私も異能者で、その異能は【時間遡行】。私は時間の流れに対してある程度適応できている。例えば、何時間が経過しようとも時計を見ないで誤差無く経過した秒数を言い当てることができるとかね」

「それは、凄《すご》いな。付与術士なら誰もが欲しいスキルだ」

　オルンに褒められると純粋に嬉しいな。

　付与術士は味方のバフの管理のために時間を正確に計ることが求められている。上級探索者の付与術士でも、正確な時間を測定できるのは五分、長い者でも十分程度が限界って聞いてる。

　まぁ、戦闘中にそれだけの時間を正確に計れれば充分だと思うけどね。

「ありがと。――ちょっと時間が掛かったけど、これで必要なことは話せたから、今話してきたピースを繋いでいくよ」

　オルンの相槌を聞いて、私は話を続ける。

「ここを幽世《かくりよ》って呼んだけど、私たちがここに来る前にいた世界は、カヴァデール・エヴァンスによって時間が巻き戻されている真っ最中なんだよ。それで、【時間遡行】によって時間の流れにい、適応できる私たちだけが、意識を保てているってことだと私は考えてる」

「ちょ、ちょっと待ってくれ！　流石に理解が追い付かない」

私の仮説を聞いたオルンが頭を押さえながら混乱しているようで声を上げる。

でも仕方ないと思う。私自身も結構滅茶苦茶な仮説を立ててると思ってるから。

「さっきも言ったけど、オルンの異能は【森羅万象】で、子どもの頃に私と接点のあるオルンはない。というか、これ以外、私とオルンだけがこんな場所に居ることを説明できないよ」

【時間遡行】を行使できるようになっていたんだ。私と同じく時間の流れに適応できてもおかしく
「………………。百歩譲ってシオンの言っていることが正しいとしよう。だが、じいちゃんが時間を巻き戻したっていうのは、どういうことだ？」

「カヴァデール・エヴァンスの異能が【等価交換】ってことは知ってるよね？　彼は紛れもない天才だった。『彼の喪失は世界の損失』だと言っても過言ではないほどに。だからこそ、彼の命と世界の時間の取引が成立したんだと思う」

「………………」

私の考えを聞いたオルンはついに完全に言葉を無くしていた。

色々な感情がごちゃ混ぜになったような、複雑な表情で顔を伏せている。

それにしても、カヴァデール・エヴァンスが生きていたこと、そして、ずっとオルンの傍《そば》に居たことに私は驚いた。

彼は約十年前、オルンたちの里を教団が襲撃したその数日後に、自ら命を絶ったと記録されていたから。

……クリスは彼の生存も知っていたんだろうな。オルンの件以外にも私に隠し事をしている可能性があるとわかった以上、改めてクリスを問いただざないと。

◇

それからしばらく、静かな時間が流れて――。

「『自分の心の声にしっかりと耳を傾けろ。俺の答えはそこにある』か……。じいちゃん、ありがとう」

胸に手を置きながら、噛《か》み締《し》めるようにしてオルンは呟く。

オルンが口にした言葉には、万感の想《おも》いが籠もっていた。

「…………」

多分、今のはカヴァデール・エヴァンスからもらった言葉なんだろう。

オルンと彼には、私なんかには想像も付かないほど強い絆《きずな》が結ばれているんだろうな。

それが凄く羨ましく思えた。

子どもの頃は私とオルンの間にも絆があったはずだ。

だけど、今の私たちには、それが無いから。

「シオンも、ありがとうな。ここでお前に会えていなかったら、俺はきっと、腐ったままだった。じいちゃんの想いを踏みにじっていた」

オルンが、憑《つ》き物《もの》が落ちたような晴れやかな表情で真《ま》っ直《す》ぐ私を見つめながら、感謝の言葉を向けてくる。

（その表情は反則でしょ……！）

耳まで熱くなってきたことを自覚しながら心の中でオルンに文句を言う。

「う、うん。オルンが前を向けたなら、良かった。……それで、オルンはこれからどうするの？」

動揺を必死に隠しながらオルンに今後のことを尋ねると、オルンは表情を真剣なものに変えながら口を開いた。

「……今後のことについて色々と考えはある。だが、【シクラメン教団：第八席】《羅刹《らせつ》》スティーグ・ストレム、アイツを叩《たた》き潰すことは決定事項だ」

オルンが底冷えするほどの怒りを孕《はら》んだ声で宣言する。

私たちが把握している教団の幹部は五人。

最低でも敵の幹部が八人も居るってことに驚いたけど、察するにそのスティーグというやつが、オルンの弟子や仲間を殺した実行犯ということだろう。

「とはいえ、状況が良くないことに変わりはない。今の俺では、返り討ちに遭うのがオチだ。だから力を付ける。まずは俺の異能。これを使いこなせるようにする。いつまでここに居られるかわからないから時間との勝負だな」

（うん。やっぱり、オルンはオルンだ。昔も今もオルンの根本は変わってない）

前向きになったオルンの姿を見て、私は自然に笑みがこぼれてしまう。

「シオン、協力してくれないか？」

「……え？」

心がポカポカしていて油断しきっていた私は、オルンに声を掛けられて間抜けな声を漏らしてしまった。

「俺の異能について知っているのはシオンだけだ。だから協力してくれると、嬉しいんだけど……」

「あ、うん！　私に協力できることなら協力するよ！　……だけど、私もオルンの異能については、教えられるほど詳しくないんだよね。異能って感覚的なものだから」

オルンに頼られて心を弾ませたけど、私にできることがあまりないことを自覚して肩を落とす。

「――だったら、俺が教えてやろうか？」

突然、オルンとは違う男の声が聞こえた。

私とオルンが驚きながら声のした方へと顔を向ける。

そこには赤いメッシュの入った黒髪の三十代前半の男が佇《たたず》んでいた。

ここは幽世《かくりよ》だ。私とオルンが意識を保てているのは、【時間遡行】という異能を持っているからのはず。

それ以外の人間がここに居られるわけないのに、この人は何者……？

「誰、ですか？」

オルンが警戒心を強めながら男に問いかける。

どうやらオルンの知っている人でも無いようだ。

「ははは！　突然知らない人に声を掛けられたら、そりゃ警戒するよな。一応先に言っておくが、俺はお前たちに敵意も害意も無い。その点は安心してくれ。そんで、俺の名前だが、――アウグスト・サンス。それが俺の名前だ」

「「――っ⁉」」

男の名前を聞いた私とオルンは、更なる衝撃に息を飲む。

でも、それは仕方ないことだと思う。

『アウグスト・サンス』、この名前を知らない人間は皆無と言って良い。

それは、《おとぎ話の勇者》と呼ばれ、数百年前に世界を混沌《こんとん》へと陥れた邪神を討伐したとされている人物の名前なのだから――。

◇　◇　◇

（次から次へと……。ホントに、勘弁してほしいな……）

今日一日で死にたくなるほど最悪な出来事に加えて、俺が知らなかった事実が怒濤《どとう》のように押し寄せてきて、俺の頭はパンク寸前だ。

その状況でダメ押しのように俺とシオンの前に現れた男が、《おとぎ話の勇者》または《異能者の王》という異名で語られている人物と同じ名前を名乗った。

シオンによって語られた俺の異能に関すること、それは正直全くしっくり来ていない。

しかしながら、思い当たる箇所は多くあるのも事実だ。

俺は自分の異能を【重力操作】と認識しているが、それだと俺が魔力を知覚していいるという点が説明できなかった。

更に、時間の流れへの適応。

これも俺の異能がシオンの言う通りなら説明できる。

俺は《黄金《おうごん》の曙光》で付与術士にコンバートした際、苦労せずに誤差なく時間をカウントできるようになり、味方へのバフも途切れさせることが無かった。

それ以外にも、今まで気にしていなかっただけで思い返すと様々な場面で納得できることが多い。

「反応が鈍いな。俺、変なこと言ったか？」

想定外過ぎる衝撃によって俺とシオンが言葉を失っていると、アウグストが不思議そうに首を傾げた。

「貴方《あなた》が、《おとぎ話の勇者》ということですか？」

「……へぇ、俺は未来で《おとぎ話の勇者》なんて、御大層な異名で呼ばれているのか～……。なんか複雑だなぁ……」

アウグストが苦笑いを浮かべながら呟く。

（というか、この人、今サラッと『未来で』と言ったか？　この状況をどこまで知っているんだ？）

「貴方は、この状況についてどこまで把握しているの？」

俺と同じ疑問を抱いていたのか、シオンがアウグストに質問をする。

「うーん、ここが〝術理の世界〟とも〝外の世界〟とも違う時空間であることは何となく察しているが、正直なところわかってないことの方が多いな」

アウグストがしれっとこの場所について答える。

その答えは、シオンの仮説とも当てはまっていた。

にしても、術理の世界や外の世界ってのは何だ？

「それじゃあ、〝ここ〟もしくは〝俺たち〟が貴方にとって未来の存在であるというのは、何でわかったんですか？」

　色々と疑問は浮かぶが、一番気になったことを確認すべく質問を重ねた。

「それは単純に、俺が未来にアクセスするべく色々と手段を講じていたからだ。まぁ、ダメ元だったんだが、気が付いたらここに飛ばされてたからな。だったらここやお前らが俺にとって未来のモノって考えるのが自然だろ？」

　アウグストがあっけらかんと答える。

　彼の言葉には、それ以上の含みがあるようにも思えなかった。

　淡々と事実を話しているだけにしか見受けられない。

「……話に聞く以上にとんでもない存在だね」

　シオンが感心しているような、それでいて呆れているような声を漏らしていた。

「まぁ、俺のことをあれこれ考えても仕方のないことだから、考えるだけ時間の無駄だぞ。――そんなことより、未来のことを教えてくれよ。代わりに【森羅万象】の扱い方を教えてやるからよ」

　アウグストが子どものように目を輝かせながら、未来のことを聞かせて欲しいと言ってくる。

　その代価として提示されたものは、かなり魅力的なものだ。

　俺が今一番知りたいことと言っても過言ではないのだから。

しかし、ここで未来について彼に話をして良いものか判断しかねていた。

「――あぁ、タイムパラドックスを気にしているなら、その心配は無用だぞ」

俺が懸念していることをアウグストは心配無用と一蹴した。

「何故《なぜ》ですか？　ここで貴方が未来のことを知って元の場所に戻ったら矛盾が発生してしまうじゃないですか」

「まぁ、俺の中に色々と根拠はあるが、一番大きな根拠としては、俺たちの帰る場所が術理の世界だからだ。ま、その辺も追い追い話してやるよ。で、どうするんだ？　この取引に応じるか否か。時間はあまり残されて無いぞ？」

彼の言う通り、あまり悠長にしていられない。

彼の存在がシオンの仮説を補強してくれたとはいえ、時間の巻き戻りが終われば俺たちは元の場所に戻されるはずだ。

そのタイムリミットがいつなのかわからない以上、時間を無駄にするのは得策じゃない。

どうせ、このまま戻っても、また連中に蹂躙されるのがオチだ。

だったら、ここは前に進むしかない！

「その取引に応じさせていただきます」

「よっしゃ！　じゃあ早速、始めようぜ。未来のことは休憩がてら話してくれればいいからな。――っと、そうだ。キミたちの名前を聞いていなかったな」

取引が成立したところで、アウグストが俺たちの名前を聞いてきた。

「オルン・ドゥーラです」

「シオン・ナスタチウムだよ」

「オルンにシオンだな。よし、覚えた。改めて二人ともよろしく！」

「さて、まずはオルンの状況について教えてくれ。【森羅万象】について教えることはできるが、そもそも異能ってのは、ある程度自分の中で理解できているはずだからな」

「まぁ、その質問はごもっともですね。実は――」

それから、俺は自分の状況についてアウグストさんに説明をする。

途中途中でシオンが補足をしてくれたため、スムーズに話をすることができた。

「なるほどなぁ。そいつは、難儀な状態だな」

俺の話を聞き終えたアウグストさんが神妙な面持ちで呟く。

「ええ、改めて自分の状況を客観視しましたけど、アウグストさんと同じ感想ですよ」

「しかし、それだったら話は簡単だ。改竄《かいざん》された認識を正しい認識に戻せばいいだけなんだからな。そのためにもまずは、【森羅万象】がどういった異能なのかってのを説明するな」

「……はい。お願いします」

「【森羅万象】とは、――『万般を識《し》り、其《そ》れを編む能力』だと俺は解釈している」

「『万般を識り、其れを編む能力』……。要するに、理解したことができるようになるということですか？　それが技術だろうと、異能だろうと」

俺の返答を聞いて、アウグストさんが口角を上げる。

「流石、理解が早いな。その理解の早さも異能由来だ。だからこそ、俺たちは他人よりもあらゆることに精通できる。あらゆることが他人よりも早く習得できる。だが、それはこの異能を持っているからだ。俺たちは本物の天才ではない。それは肝に銘じておけ」

俺が魔術や武術を少し齧《かじ》っただけである程度習得できていたのは、この異能のお陰だったというわけか。

もしかしたら、アネリに器用貧乏なんてバカにされていたのが良かったかもしれないな。

それが無かったら、俺は天狗《てんぐ》になっていたかもしれない。

アウグストさんの言葉はそういう戒めのようなものだろう。

「……はい。わかっています。所詮俺は護《まも》りたいものも護れない凡人ですから」

「少々卑屈な感じもするが、俺たちの場合はそれくらいでちょうど良《い》いかもな」

アウグストさんが苦笑いを浮かべる。

俺は神でも何でもない。

ただの人間だ。

そのことは、これからも忘れてはいけない。

「……ということで、この異能は聞くよりも視《み》る方が断然早く、其れを識ることができる。オルンは力を求めているんだろ？　だったらここからは実践も兼ねてバチバチ戦おうぜ。俺も久しぶりに身体を動かしたいしな。オルンの得物はなんだ？」

アウグストさんが好戦的な雰囲気を纏いながら質問をしてくる。

要は技術を視て盗めってことだな。

それは、ありがたい。いつも、やっていることだからな。

「俺の得物はこれです」

そう言いながら、収納魔導具からシュヴァルツハーゼを取り出す。

「ほぉ、剣か。だったら俺も最初は剣でいくか！」

シュヴァルツハーゼを見たアウグストさんが漆黒の魔力を出現させると、それを剣の形にして握った。

「胸を貸してもらいます！」

「あぁ、掛かって来い！」

その問答を最後に、お互いに距離を詰めると、両者の剣が激突した。

◇

それから俺たち三人は、長い時間を幽世《かくりよ》で過ごした。

それがどのくらいの時間なのかはわからない。

あっという間だった気もするし、とても長い時間だった気もする。

そんな時間の感覚が無い幽世《かくりよ》で、これまた数えるのも億劫になるほどアウグストさんにボコボコにされた。

それ以外にも、彼にとって未来になる事柄について話して、シオンと一緒に魔法について学んで、おとぎ話の時代のことを聞いて、本当に有意義な時間だった。

アウグストさんから数えきれないほどたくさんのことを学び、俺はそれを血肉にしてきた。

……結局、記憶の方は戻らなかったし、アウグストさんにも勝ててないが、この一戦が最後になると感覚的に理解していた。

これまで通り、アウグストさんと十メートルほど距離を開けて相対する。

「アウグストさん、これまでありがとうございました。貴方には感謝してもしきれません」

俺が感謝の言葉を口にすると、アウグストさんが一瞬呆《ほう》けた顔をするも、すぐに晴れやかな笑みを浮かべる。

「あぁ、俺も楽しかった。全てを失って、全てを諦めていたが、俺の足跡に意味があったとオルンが教えてくれた。だから、最後くらい俺を超えて見せろ！」

「ええ、そのつもりです。貴方から学んだ全てを以《もっ》て、貴方を超えます！　――【魔剣合一《オルトレーション》】

【終之型《モント・エンデ》】」

周囲の魔力を収束させてから、身体の中に取り込む。

続いて、体内に巡る氣《き》を限界まで活性化させた。

身体の中で本来混ざり合わない魔力と氣を掛け合わせる。

肉体に収まりきらなかった〝力〟が身体から漏れ出る。

身に纏っているコートがソレに触れると、魔衣《まごろも》とも言うべきか、黒い炎のように揺らめき始めた。

魔衣にも収まらなかった力が俺の周囲の空気に触れると、蒼黒《あおぐろ》い電光を発生させる。

そのまま魔剣を手にして、構える。

（今の俺だと、この状態を維持できるのは数秒だけか）

初めてこれだけ膨大な力を体内に留《とど》めるなんて荒業を試してみたが、想像以上に集中力を使うことになったため長い時間維持できないことを察した。

「……ははは！　やはり、到達する場所は同じか！」

俺の状態を見たアウグストさんが声を上げて笑う。

それからアウグストさんも俺と同様に、身に纏っている衣服を魔衣に変質させると、紅黒《あかぐろ》い電光を帯びた。

そのまま腰を落として拳を構える。

あらゆる武術を修めているアウグストさんが最も得意としているのは、ハルトさんと同じ徒手空拳だ。

アウグストさんが正真正銘の本気で来てくれることに感謝しつつも、高揚感を覚える。

シオンが見届ける中、俺とアウグストさんの距離が一瞬で詰まる。

接触は一瞬。

すれ違いざまに俺は剣を、アウグストさんは拳を振るう。

常人では知覚すらできない一瞬の攻防。

それを制したのは――。

「はは、は……。マジ、かよ……」

アウグストさんが膝から崩れ落ち、地面に伏した。

「はぁ……はぁ……はぁ……。勝った……！」

対して俺は、ダメージを受けながらも倒れることは無かった。

魔力と氣を掛け合わせるなんて相当な無理をしたためか、幽世《かくりよ》に来てから無縁だった頭痛に苛まれながらも、地面に横になっているアウグストさんを見て勝利の余韻に浸っていた。

「……っ、ぐっ……！」

しかし、頭痛は収まることなく次第に強まっていき、遂《つい》には立っているのも困難なほどの痛みになってきて、その場で蹲る。

「オルンっ⁉　どうしたの⁉」

そんな俺を心配してシオンが駆け寄ってくる。

なんとか彼女に大丈夫だと伝えたかったが、頭痛とともに色々な情報が頭の中に流れてくる感覚を前に言葉を発することもできなかった。

（これは……、俺の、記憶……？）

流れ込んでくる情報には、感情が含まれていた。

シオンや両親と過ごした幼少期の出来事。

教団の襲撃を受けて目の前で死んでいく両親や里の仲間たちのこと。

それはシオンから聞かされていたもので、到底許せる現実ではなかった。

──『俺たちが片づけるべき問題をオルンに押し付けてしまって、申し訳ない』

──『ごめんね、オルン。こんなに早く貴方の傍を離れることになっちゃって』

空耳だろうが、両親の声が聞こえた気がする。

──『大丈夫だよ、父さん、母さん。俺はちゃんと前を向いて生きていくから』

そう言うと、二人が微笑《ほほえ》んでくれたように感じる。

両親や里の仲間の死は、怒りや悲しみなんていう単純な言葉では表現できない。

だけど、これで本当の意味で、みんなの死を受け入れられた気がする。

正しく自分の中に彼らを刻み込むことができた。

――俺の進む道がようやっと定まった。

にしても、どうしてこれまで一切取り戻せなかった記憶がここに来て戻ったんだ？

魔力と氣を掛け合わせたあの力は氣と同じように体内を巡らせていた。

その過程で脳に到達していた力もあったのだろう。

それが、【認識改変】を無力化したとか？

まぁ、戻ったに越したことは無いし、今はそこまで深く考えなくていいか。

「……シオン、俺、思い出したよ。子どもの頃のこと。教団に蹂躙されたあの日のこと。ぜんぶ……」

突然苦しみだした俺を見てあたふたとしていたシオンを、しっかりと見据えて声を掛ける。

俺の言葉を聞いたシオンがポカンとした表情をしていたが、次第に目を潤ませていた。

「…………ほんと、に……？」

「あぁ。今なら、あの日シオンと一緒に見た銀世界で交わした約束も、ちゃんと思い出せる」

未だに信じられないと言わんばかりのシオンに、記憶を取り戻したことを証明するべく、【認識改変】を受ける前の俺とシオンしか知らない〝約束〟について触れる。

　それを聞いたシオンが、遂に大粒の涙をこぼす。

「オルン……！　オルン!!」

　シオンが俺の名前を呼びながら、我慢できないと言わんばかりに俺の胸の中に飛び込んでくる。

　それをしっかりと抱きとめる。

「良かった、良かったよぉ……！」

　子どものようにシオンが泣きじゃくっていた。

　そんなシオンを見て、俺は胸が締め付けられる気分だった。

「本当に、ごめん。ごめんな、シオン」

　シオンが泣き止むまで、俺は腕を緩めることは無かった。

◇

「あのー……、良い雰囲気のところホント申し訳ないんだけどさ、タイムリミットが迫ってきてるっぽいから、そろそろいいか……？」

　いつの間にか復活していたアウグストさんが、気まずそうに俺たちに声を掛けてきた。

アウグストさんの言う通り、あと少しで世界の遡行が終わることを察した俺たちは離れてからアウグストさんと向き合う。

先ほどアウグストさんを思いっきりぶった斬ったわけだが、彼の身体にはその痕跡は一切なかった。

「……アウグストさん、本当にありがとうございました。貴方のお陰で、俺は俺の目標に近づけました」

俺が改めてアウグストさんに感謝の言葉を述べると、彼は優しい笑みを浮かべた。

「それなら良かった。俺も未来の出来事をたくさん聞けて満足だ」

「アウグストさんは、これからどうするの？」

「どうもしないさ。ここだと俺はこんな形《なり》だが、既に八十歳を過ぎた老いぼれだからな。ま、全部を失ったわけだが、最期にお前たちに会えたから、多少は良い気分であの世にいけるだろうさ」

そういうアウグストさんは、満足気な表情をしていた。

「んじゃ、老いぼれは消えるとしますかね。頑張れよ、若人たち」

最期だというのに、アウグストさんは呆気無《あっけな》くそう言うと、俺たちに背を向けながら手を振って歩き始めた。

「……はい、さようなら、アウグストさん」

「お世話になりました」

そんな彼の背中に俺とシオンがそれぞれ声を掛けると、彼の身体が陽炎《かげろう》のようにぼやけ始め、幽《かく》世《よ》から姿を消した。

幕間《まくあい》　勇者と呼ばれた男の最期

◇　◇　◇

「ごほっ……ごほっ……ごほっ……」

幽世《かくりよ》から帰ってきたアウグスト・サンスが、ベッドの上で咳《せ》き込《こ》む。

その姿は、オルンたちと話していた壮年ではなく、衰弱しきった老人だった。

『死ぬのか、主《あるじ》』

そんなアウグストに、ティターニアが無感情に声を掛ける。

「ははは……。死ぬのかもなぁ……。力はほとんど使いきったし」

『そうか。だったらウチは、崩壊へと進むこの世界を眺めるとしよう』

「おいおい、主と仰いでいる人間が死ぬんだぞ？　もっと何かないのか？」

『特にないわね』

「はぁ、悲しいねぇ。――さてと、最期の仕事をしますかね」

アウグストがそう言いながら起き上がる。

そのまま立ち上がるが、衰弱した身体《からだ》では自身を支えるのも一苦労のようで、膝が笑っていた。

『……何してるの？』

「いや、ちょっくら行くところがあってな。一緒に来るか？」

『暇つぶしにはちょうどいいかもね』

「素直に気になるから連れて行ってくださいって言えばいいのによ」

『うるさいわね』

アウグストはティターニアと軽口を叩《たた》き合いながら、ゆっくりとした足取りで隣の部屋へと移動する。

その部屋の床には魔法陣が描かれていた。

アウグストが魔法陣の上まで進んだところで口を開いた。

「〝不死鳥の社〟へ」

その言葉に呼応するように魔法陣が光り出すと、その場からアウグストの姿が消える。


「はぁ、疲れた……」

目的の場所へと転移したアウグストが、肩で息をしながら呟《つぶや》く。

そこはとある場所にある社の中だった。

『なんで、今更こんなところに？』

「未来の若人へ贈り物を届けるためさ。ま、受け取る奴《やつ》らからしてみれば、嫌がらせに思われるかもしれないがな」

　楽しそうに笑いながらティターニアの質問に答えるアウグスト。

『答えになってないんだけど』

　アウグストはティターニアの不満げな呟きを無視して、御神体のようにして祭られている水晶玉の元へと歩いていく。

　そして、アウグストがその水晶玉に手をかざした。

　すると、水晶玉から膨大な量の術式が現れ、社の中を術式が埋め尽くした。

「えーっと、日付は確か……。四聖暦《しせいれき》六二九年の三月二十九日だったな」

　アウグストが記憶を漁《あさ》りながら、術理を操作する。

「この日における南の大迷宮九十二層のフロアボス黒竜が、ボスエリアから出られるように、それと気まぐれの扉の移動先を五十層に固定するよう設定変更、と。これで良し」

『……なんで、五百年以上先の日付を指定しているの？』

「言っただろ、未来の若人への贈り物って。これがある意味で〝物語の始まり〟だからな」

『なにそれ』

「今は分からなくていいさ」

◇

「あぁ……、疲れた……。もう、やること済ませたよな……」

自室へと戻ってきたアウグストがベッドに横になる。

『本当に何がしたかったの？』

ティターニアが呆《あき》れたような声を漏らす。

「……いずれわかるさ。っと、もう一つ残っていたな」

満足げな表情をしていたアウグストだが、やり残したことを思い出し、ティターニアの在る方へと視線を向ける。

「──ティターニア」

『な、なに？　いきなり真面目な表情になって……』

「お前は、これから、どうするんだ？」

『何って、さっきも言った通りよ。〝傍観者〟としてこの世界の結末を見届けるだけ』

「……そうか。……そんなお前に、一つ言っておくことがある」

『一体何なの？　今日の主、いつにも増して変よ？』

「まぁ、いいから聞け」

『…………』

「お前が傍観者で居ると言うなら、それもいいだろう。それだってお前が決断した選択だ。今の俺に言えることはただ一つ。〝オルン・ドゥーラ〟、この名前を覚えておくと良《い》い。何百年も先、アイツらに立ち向かうと決意する人間の名だ。オルンと関わりを持ったお前は、それでも傍観を貫けるのかな」

アウグストは最後の力を振り絞り言葉を紡いだ。

彼は元々体力が衰えていたところに、幽世《かくりよ》への干渉、術理への介入という膨大な力を必要とすることを連続で行った。

その代償は、当然――。

「『オルン・ドゥーラ』、『何百年も先』。そのために、残りの命を費やしてまで、術理を弄《いじ》ったというの？」

「どうせ、何もしなくても、消える命だ……。多少なりとも……、俺の生きた意味のようなものを……、残したかった、んだよ……」

その言葉を最後に、アウグストは眠りについた。

『…………。ホント、最期まで自分勝手な人間だったね。でも、だからこそウチは……』

ティターニアが消え入るような声で呟く。

妖精である彼女の声を聞ける人間は、この場にはもう居なかった――。

Re: プロローグ　分岐点の出口

◇　◇　◇

俺はまだ二十年程度しか生きていないが、それでもわかったことがある。

それは『後悔しない人生なんて、そんなものは結局無い』ということだ。

最良の選択をしたつもりでも、失敗というものは必ずある。

しかしそれと同時に、その選択によって得られるものも多くあるはずだ。

だからこそ、迷ったときは選んだ先で何を得るのか、それを考える方が建設的なんだと思う。

そして、大切なのは選んだ道で死力を尽くすこと。

多くのことを得て、満足できるように努力を続ける。

選ばなかった未来を想像しなくても済むくらいに。

……それでも、もしもやり直せる機会を得られるのなら、俺は――あの理不尽に抗《あらが》う。

じいちゃんが命を賭して、俺にもう一度チャンスをくれたんだ。

じいちゃんの想《おも》いに報いるためにも、何よりも、もう二度とあんな思いをしなくて済むように。

俺は改めて誓う。

この先どんな理不尽が待ち受けていても、歩みを止めない。

大切な物が俺の手から零《こぼ》れ落《お》ちないように、もう二度と失わないために、全身全霊を尽くす！

アウグストさんを見送り、俺とシオンだけになった幽世《かくりよ》で、俺は誓いを改めて心に刻む。

「それじゃあ、行こっか、オルン！」

そんな俺に笑顔を向けてくるシオンが、晴れやかな表情とともに俺の方へ手を伸ばす。

その手を俺はしっかりと握る。

俺とシオンの時間も再び進み始めた。

――『〝外の世界〟にはさ、これにも負けないくらい綺麗《きれい》な景色がたくさん広がっていると思うんだ』
――『オルンは外の世界に行くの……？』
――『うん。問題がたくさんあることは知っている。でも、その問題を解決して、俺は外の世界を見て回りたい。……だからさ、シオン。一緒に色んな景色を見に行かないか？』
――『え、私も付いて行っていいの？』

──『もちろん！　逆に何でダメだと思ってたんだ？　独りの旅は寂しいし、シオンも一緒に来てくれたら嬉《うれ》しい』

──『そ、それだったら、私も一緒に行きたい！』

──『よし！　じゃあ〝約束〟だ！　一緒に外の世界を見て回ろう！』

──『うん!!』

あの日のシオンが俺に見せてくれた霜でできた銀世界の中で交わした約束を思い出すと、心が温かくなる。

しかし、それと同時に十年近くも約束を忘れてシオンに苦しい思いをさせてしまったことに対する申し訳なさも募る。

だから、ここからだ。

全てここから再び始める。

「──あぁ。世界をぶっ壊しにいくぞ、シオン」

心を新たに、俺は再び歩き始めた──。

◆

「――重い……」

ソフィーの婚約騒動に端を発した《シクラメン教団》の幹部である《博士》との戦いや、クローデル元伯爵の断罪などがあった翌日。

この日は腹部に何か重たいものが乗っているような感覚から始まった。

（……………あぁ、そうか。――ここからか）

今日がダルアーネを発《た》つ日であるとはっきり認識している。

それでいて、これから起こることや幽世《かくりよ》での出来事もきちんと覚えている。

少々変な感じだが、何一つ忘れることがなくて安心する気持ちが強いな。

そんなことを考えながら体を起こすと、案の定、そこには突っ伏して気持ちよさそうに寝ているフウカが居た。

「ん……んぅ……」

そんなフウカを微笑《ほほえ》ましく眺めていると、彼女がむくりと起きあがった。

「……………オルン、おはよう」

「おはよう、フウカ。……なるほど。お前がここに居たのは、【未来視】でここが分岐点だと知っていたからか」

俺が分岐点という単語を口にすると、フウカが目を見開く。

それからフウカは、表情を今までに見たことがないほど真剣なものに変える。

「——オルン、調子はどう？」

フウカが問いかけてくる。

あの時と同じ質問だ。

「あぁ。万全だ」

俺がそう返答すると、フウカは満足げな表情で頷《うなず》く。

「そう。帰ってきたんだね」

「あぁ、記憶と異能を取り戻して帰ってきたよ」

「良かった。おかえり、オルン」

「ただいま。——早速だけど、俺に力を貸してほしい」

その言葉に、フウカは一も二もなく頷いた。

「当然。私はオルンの剣だから」

（俺の剣、か。ははは。言い得て妙だな）

何度か聞いたことのある単語だが、当時の俺には全く意味が解《わか》らなかった。

だけど、今なら意味が解る。

彼女は俺と一緒に戦ってくれる存在。

そして、——俺を戦いから逃がさない存在だ。

朝の身支度を済ませて部屋を出ると、部屋の外で待機していたフウカと合流する。

「オルン、これからどうするの？」

屋敷《やしき》の廊下を歩いていると、フウカから質問が飛んでくる。

「色々手は打っておきたいが、俺とフウカが最優先にやることは、《羅刹《らせつ》》と《戦鬼》の殲滅《せんめつ》だ。

フウカ、次は異能も妖力も制限を掛けない。全霊を以《もっ》て《戦鬼》を斬り伏せろ」

ツトライルを滅茶苦茶《めちゃくちゃ》にしてくれた実行犯の二人、アイツらに慈悲は無い。

「そういうの得意。任せて」

話をしているうちに食堂へと到着すると、

「あ、オルンさん、おはようございます！」

「師匠、おはようございます！」

「おはよ〜、ししょー！」

俺に気が付いた弟子たちが笑顔で挨拶をしてきた。

それに続くようにルーナとセルマさんからも挨拶の言葉が来る。

みんなの笑顔と声を聞いて、視界が僅かにぼやける。

(俺は、この日に戻ってきたんだな……！)

一度は俺の手から零《こぼ》れてしまった大切なもの。

それが目の前に広がっている。

全員が、俺の心を温かくしてくれる大切な存在だ。

——だからこそ、もう二度と喪《うしな》いたくない。

もう、みんなの傍に居られなくても、みんなには自分らしく生きていて欲しい。

みんなが自分らしく生きていてくれるなら、それ以上に有難《ありがた》いことは無いのだから。

「…………あぁ、おはよう」

「んー？　どうしたの、ししょー。もしかして怖い夢でも見たの～？」

「オルンさんにしては珍しく遅い目覚めですし、もしかして体調が芳しくないとかですか？　それでしたら、ツトライルへ向かうのを遅らせても構いませんけど……」

そんな俺の機微にいち早く気付いたキャロルと、一番付き合いの長いルーナが心配そうな表情をする。

「あぁ。ちょっと怖い夢を見てしまってな。でも、みんなの顔を見たら怖さは吹き飛んだから大丈夫だ。体調も問題ない」

「オルンが怖がるほどの夢となると、その内容が気になるな」

空気が重たくなり過ぎないように、その場に居たセルマさんが茶化すように会話に入ってくる。

「あはは……。機会があったら話すよ。この夢は、怖くても、——忘れちゃいけないものだから」

《夜天《やてん》の銀兎《ぎんと》》に加入するという選択をしたことを一度は後悔した。

だけど、《夜天の銀兎》に加入したからこそ、弟子たちやセルマさん、それ以外にも多くのかけがえのない仲間と出会うことができた。

ルーナともまた一緒に過ごすことができた。

この選択の先で得たものだって多くある。

教団は、そんな俺の大切なものを理不尽な理由で奪おうとしている。

それは許容できない。

奇《く》しくも、俺と教団の目指す結果は同じものだ。

だが、その過程、そしてそれが齎《もたら》すものは全く違う。

だからこそ俺は、《シクラメン教団》を叩《たた》き潰す！

もう二度と大切な物を奪われることが無いように。

そう決意して、俺はここから新たな道へと歩を進める——。

あとがき

お久しぶりです。都神《とがみ》です。

本書をお手に取っていただきありがとうございます！

まず最初に、今回は読者様にストレスを与えてしまう展開となってしまいすみませんっ（汗）。

格好悪く言い訳させていただくと、これでも私の中ではマイルドにしたつもりの初稿を、編集者の庄司《しょうじ》さんに「読者的なカロリーが高い」と言われて書き直した内容なのです……！

そして、本巻のラストも一段落着いた感じで締めておりますが、今回は前後編に近いイメージで執筆していました。

そうです！　読者様に応援いただけているということで、現時点で、第八巻まで刊行することが決まっております！

第八巻では、読者様がスカッとするような物語となるよう鋭意執筆中ですので、お楽しみに！

まだ、あとがきのページ数に余裕があるということで、本作についてもう少しだけ語らせていただきます。以降は本編の内容にガッツリと触れますので、本編未読の方はご注意ください。

今回は作品にタイムリープ要素を取り込んでみました。

《おとぎ話の勇者《アウグスト》》のエピソードからもわかる通り、タイムリープは本作のストーリーラインを練り始めた当初から考えていたモノでした。

ありがたいことに第七巻まで続く本作ですが、幸いにして初期構想から大きく逸れることなくここまで進めることができています。

まぁ、当然ながら執筆していく過程で変更した設定や展開も多くありますが。

覚えている方がいらっしゃると嬉しいのですが、例えば、第二巻でオルンが大迷宮の三十層攻略に臨む弟子たちに渡したネックレス。アレは弟子たちの危険をオルンに伝えるというものです。

本巻でヒティア公国に向かったオルンは、ティターニアからツトライルの状況を知らされましたが、当初はこのネックレスでオルンにツトライルの危険を伝えるつもりでした。

弟子たちが《羅刹《らせつ》》にやられてしまったのも、この辺りの設定があったからだったりします。

結局、今回はネックレスの設定が活かせなかったので、別の方法で活かせるよう検討中です。あ、ネックレスを活かすために弟子たちを再び危険に陥らせるつもりはありませんので、その点はご安心を！

……ことあるごとに言っている気がしますが、まさか本作がここまで続くとは夢にも思っていませんでした。

本作のエンディングは、私の中ではある程度決まっています。

しかし、そこまで描き切ることが難しいことは重々承知しているつもりです。

書籍というかたちで世に出せるだけでも、私としては奇跡のようなものと思っていますが、ここまで続くと「もっともっと」と欲が出てしまいますね。

最近は、人間の欲には際限が無いなぁ、と実感している日々です（笑）。

もし、本作のエンディングを読みたいと思っていただける読者様がいらっしゃいましたら、ご友人や知人に本作を勧めていただけると大変嬉しく思います！

ちなみに、コミカライズ版についても第十一巻が二〇二四年六月七日に発売されますので、こちらも併せてよろしくお願いいたします！

先ほど触れたオルンが弟子たちにネックレスを渡すシーンも収録されていますよ！


以降、謝辞となります。

きさらぎゆり先生、今回も素敵なイラストを描いてくださり、ありがとうございます！　特に今回は表紙が良かったです！　個人的に嬉しいと思える要素もあって、頬が自然と緩んでしまいました！　フウカの寝顔も良かったです！

担当編集の庄司さん、非常にカロリーの高い文章を読ませてしまいすみませんでした……！　それでも呆れず最後までお付き合いくださり、本当に感謝しています！

その他にも本書の刊行にご尽力くださったすべての方々に感謝申し上げます。

最後に読者様にも心よりの感謝を。本書をお手に取ってくださりありがとうございました！

第八巻でもお目にかかれることを祈っております！

都神樹《とがみいつき》

あとがき

7巻発売おめでとうございます！
シオンとオルン良かったね……！の気持ちで
心が満たされております！
あと何気にアネリを初めてカラーで描けて満足しています。

Kラノベブックス

勇者《ゆうしゃ》パーティを追《お》い出《だ》された器用貧乏《きようびんぼう》7
〜パーティ事情《じじょう》で付与術士《ふよじゅつし》をやっていた剣士《けんし》、万能《ばんのう》へと至《いた》る〜

都神樹《とがみいつき》

2024年5月29日第1刷発行

発行者	森田浩章
発行所	株式会社 講談社 〒112-8001　東京都文京区音羽2-12-21
電　話	出版　(03)5395-3715 販売　(03)5395-3605 業務　(03)5395-3603
デザイン	ムシカゴグラフィクス
本文データ制作	講談社デジタル製作
印刷所	株式会社KPSプロダクツ
製本所	株式会社フォーネット社

KODANSHA

ISBN978-4-06-535657-9　N.D.C.913　254p　19cm
定価はカバーに表示してあります

ファンレター、
作品のご感想を
お待ちしています。

あて先
〒112-8001　東京都文京区音羽2-12-21
（株）講談社　ライトノベル出版部 気付
「都神樹先生」係
「きさらぎゆり先生」係

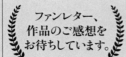

勇者パーティを追い出された器用貧乏
～パーティ事情で付与術士をやっていた剣士、万能へと至る～
最新11巻
2024年
6月7日発売!

Kラノベブックス

【パクパクですわ】追放されたお嬢様の『モンスターを食べるほど強くなる』スキルは、1食で1レベルアップする前代未聞の最強スキルでした。3日で人類最強になりましたわ～！

著:音速炒飯　イラスト:有都あらゆる

侯爵令嬢シャーロット・ネイビーが授かったのは、
モンスターを美味しく食べられるようになり、そして食べるほどに強くなる、
【モンスターイーター】というギフトだった。
そんなギフトは下品だと、実家を追放されてしまったシャーロット。
そしてシャーロットの、無自覚に世界最強の力を振るいながらの、
モンスターを美味しく食べる悠々自適冒険スローライフが始まり……!?